조선의
수학자
홍정하

조선의
수학자
홍정하

이창숙 소설

궁리
KungRee

　홍정하는 1684년(숙종 10년)에 태어난 조선의 수학자입니다. 과거에도 수학은 사람들의 일상생활부터 나랏일에 이르기까지 살아가는 데 꼭 필요한 분야였답니다. 옛날에는 수학을 셈에 관해 연구한다는 뜻에서 산학算學이라고 불렀어요. 홍정하는 조선시대에 산학 업무를 담당한 관리이자 산학청에서 산학을 가르치는 교수로 『구일집九一集』이라는 수학책을 펴냈습니다.

　지금과는 비교할 수 없을 정도로 책을 내기 힘들었던 조선시대에 그것도 수학책을 냈다는 것은 정말 대단하다고 할 수 있습니다. 『구일집』이라는 이름처럼 아홉 권에 대략 500여 개의 수학 문제와 풀이과정을 적었는데요. 곱셈과 나눗셈, 분수, 부피, 도형, 수열과 행렬, 고차방정식 등에 이르기까지, 300년 전 우리나라의 높은 수학 수준을 이 책에서 만나볼 수 있습니다. 우리 선조들도 원주율을 알았고 직각삼각형, 거듭제곱, 방정식 등의 수학 지식을 생활 속에서 활용했다는 것을 배울 수 있어요. 특이하게도 마지막 권에는 친구 유수석과 함께 중국 사신 하국주를 만나 수학 문제로 대담했던 내용도 기록되어 있습니다.

홍정하의 집안은 아버지, 할아버지, 외할아버지, 그리고 그의 5형제와 아들 둘 모두가 산학자였을 만큼 진정한 수학 명문가였습니다. 산학자 집안에서 대를 이어 산학을 하는 것이 당연한 시대였지만 5형제가 모두 산학취재(산학 관리를 선발하는 시험)에 합격한 예는 홍정하의 집안 말고는 찾아볼 수 없습니다. 그의 큰외할아버지인 경선징은 『묵사집산법』 등의 수학책을 펴낸 당대 최고의 수학자이기도 했습니다. 널리 알려진 스위스의 베르누이 집안처럼 훌륭한 수학 명문가라고 할 수 있지요.

처음 홍정하라는 탁월한 수학자의 존재를 알게 되었을 때 저는 자랑스러움과 안타까움을 동시에 느꼈습니다. 수학 교육 과정에서 우리나라 수학자를 다루지 않는 것은 옳지 않다는 생각이 강하게 들었습니다. 서양 수학자의 이름은 줄줄 읊어도 우리 수학자는 모르는 청소년들이 홍정하의 존재를 알게 되기를 바라는 마음으로 책을 써보자고 마음먹었습니다. 하지만 자료가 워낙 없었습니다.

양반 사대부가 아닌 중인 신분이었기 때문입니다.

태어난 해는 알 수 있지만 몇 년에 세상을 떠났는지는 아직까지 정확히 알려지지 않았습니다. 어디서 태어나 어디서 살다가 어디서 죽었는지, 어떻게 생겼는지, 성품이 어땠는지 전혀 알 길이 없었지요. 이 책의 내용 중 '1684년에 태어나 산학의 전통 있는 집에서 성장하여 『구일집』이라는 탁월한 수학책을 남겼으며 호조 산하 산학청 관리를 지내며 후학을 가르쳤다.'는 것은 역사적 사실입니다. 이 사실을 뼈대로 삼아 살을 붙이고 옷을 입혔습니다.

산학청 교수였으니 당시 중인들이 많이 거주했던 웃대(경복궁 서쪽에서부터 인왕산 기슭에 이르는 지역)에 살았을 가능성이 높아 그곳을 삶의 터전으로 만들었습니다. 산학청 교수를 그만둔 뒤에는 본관인 화성의 남양으로 낙향하여 『구일집』을 만드는 것을 소설의 주요 사건으로 삼았습니다.

웃대에서는 그 시절 홍정하가 만났을 법한 실존 인물들을 등장시켰습니다. 아무래도 역관이나 의원, 산학자 등 중인이 많았을 듯하여 당대의 유명한 중인들과 교류하게 했습니다. 때로 양반 중에서도 신분을 초월하여 사귀었다고 전해지는 정선, 이병연, 김창흡 형제 등 실존 인물과도 만나게 했는데 실명으로 등장하는 이들의 행적은 모두 역사 자료를 근거로 했습니다. 그 외 제가 창작한 허구적 인물도 다수 등장합니다.

이 책은 한국고전번역원의 우리고전 원고 당선작으로 2014년에 출간되었던 작품입니다. 새로운 옷을 입고 독자 여러분을 다시 찾아가게 되어 기쁘고 설렙니다. 독자분들이, 특히 청소년들이 홍정하를 시작으로 우리 수학자에 대해 관심을 갖고 알아가는 계기가 되기를 희망합니다.

2020년 4월 북한산 아래에서
이창숙

차례

ー 二 三 ☰

바닷가 산학 수업

임인년(1722년) 봄.

"야야!"

"어어어, 그쪽으로 간다."

"와하하하."

사내아이 넷이 게라도 잡는지 개펄을 헤집고 다니며 소리쳤다. 그는 바닷가 언덕 정자에 앉아 아이들과 그 옆에 희미하게 떠다니는 소이의 모습을 바라보았다. 애비 곁을 떠나지 못하면서도 소이는 같은 또래 애들과 놀고 싶은 듯 늘 아이들을 따라다녔다.

한양 인왕산 자락 웃대에 살며 육조거리에 있는 산학청 별제로 근무하던 그가 이곳 바닷가 마을 늘무늬로 쫓기듯 낙향한 지 반 년이 되어가고 있었다.

그에게 지난겨울은 다른 해보다 혹독하게 추웠다. 지나치게 편안하거나 몸이 노곤하도록 따뜻하면 견딜 수 없이 마음이 불편했다. 맛있는 음식을 배불리 먹지도 않았고 늘어지게 잠을 자지도 못했다. 남양으로 내려와 그가 한 일은 아무것도 없었다. 온몸 마디마디가 저려왔다. 일부러 그런 것이 아니었다. 소금물에 젖은 솜처럼 몸이 자꾸만 가라앉았다. 워낙 마른 그가 이곳에 오고 나서 살이 더 빠져 옷이 헐렁했으며 얼굴은 투명할 정도로 창백했고 머리카락도 반백이 되었다. 세수할 적마다 얼굴 살이 빠지는 느낌이 가는 손가락에 그대로 전해졌다. 뚜렷하고 섬세한 이목구비가 더욱 도드라져 보였으나 낯빛만은 온화함을 잃지 않으려 안간힘을 쓰고 있어 부드러운 인상을 겨우 유지하고 있었다. 물갈이를 하는지 이곳 남양에 온 직후 된통 앓기도 했다. 몸이 약해 평생을 조심하며 살아왔지만 최근 일이 년 그의 몸 상태는 가히 최악이었다. 웃대를 떠나기 전 청계천에서 의원을 하던 벗이 그의 진맥을 보고 걱정스레 했던 말이 귓가에 맴돌았다.

"자네, 그 슬픔을 다스리지 못하면…… 얼마 못 가…… 죽고 말 걸세, 이 사람아."

안타까워 손을 잡고 하는 말을 들으면서도 그는 아무런 동요 없이 가만 웃기만 했다. 죽음은 두렵지 않았다.

남양에 와 겨울을 넘기고 봄이 되면서 그는 마을 아이들 몇에게 산학을 가르치기 시작했다. 그가 내려온 직후부터 수차례 아이들의 교육을 청했던 남양홍씨 집안사람들의 부탁을 그제야 받아들인 것이다. 생계를 위해서이기도 했고 시간을 보내기 위해서이기도 했다. 무언가를 해야 지옥 같은 시간을 통과할 수 있을 것 같았다. 뻘에서 게를 잡고 있는 사내아이 넷이 바로 그에게 산학을 배우는 아이들이다. 아이들은 수업 시간이 됐다고 스스로 놀이를 그만두고 오는 법이 없었다. 하여 그는 습관처럼 느릿느릿 노래를 해 아이들을 부르기 시작했다.

꽃잎은 하염없이 바람에 지고
만날 날은 아득하여 기약이 없네
무어라 맘과 맘은 맺지 못하고
한갓되이 풀잎만 맺으려는가

당나라 여류시인 설도의 〈춘망사春望詞〉 중 3연에 자신이 음을 붙인 노래다. 〈춘망사〉는 중국 사력司曆 하국주를 떠오르게 했고 그것은 곧 하국주가 시를 보낼 수밖에 없었던 일, 붉디붉은 상처를 헤집게 했다. 생각조차 하지 않으려 안간힘 쓰면서도 이상하게 이 시만은 머릿속에 낙인처럼 새겨졌다. 죽을 만큼 아픈데도 가락이 떠올랐다. 언제부터인가, 아마도 남양으로 내려오고 난 뒤부터 자신도 모르게 흥얼거렸다.

'시간은 강산도 변모시킨다지 않는가. 하물며 아무것도 아닌 나 같은 늙은이의 상처쯤이랴.'

그의 목소리는 청이 좋아 부드럽게 멀리 퍼져 나갔다. 조용하기만 한 바닷가에서 갯것이라도 잡았는지 잔뜩 구부리고 있던 사내애들의 귀에 그의 노래가 닿은 모양이었다. 아이들이 일제히 고개를 돌려 정자 쪽을 바라봤다. 빨갛게 익은 얼굴들이 한꺼번에 고개를 돌리니 잿빛 뻘밭에 향일화가 피어난 것 같았다.

수업 시간이 되었다는 것을 알아차렸는지 아이들은 허리를 펴고 일어났다. 그러더니 와 하고 소리를 지르며 그동안 잡고 있던 것들을 미련 없이 버려두고 고꾸라질 듯 뒤뚱뒤뚱 뻘에서 달려오기 시작했다. 거의 다 나와서 고여 있는 웅덩이 물에 대충 손과 발을 씻고 정자를 향해 뛰어왔다.

정자 앞에 선 아이들은 여기저기 개흙을 묻히고 잠방이는 둥둥 걷어붙인 채였고 땀을 훔치다 그랬는지 얼굴에도 시커먼 흙을 칠하고 있었다. 아이들은 정자에 오르기 전 두 손을 모으고 제 딴에는 공손하게 읍한 뒤 올라와 그의 앞쪽에 나란히 무릎을 꿇고 앉았다. 언젠가 이 아이들도 산학취재에 응해 가문의 업을 이어야 할 것이다. 그가 고향으로 내려온 뒤 산학 수업을 해줄 것을 청하는 제 애비들과 함께 들락거리던 때부터 보아온 아이들이다. 피붙이들이라 그런지 이목구비는 전혀 다른데도 아이들에게서 친근함이 느껴졌다. 바닷가에서 아이들 주위를 희미하게 떠돌던 소이도 소리 없이 정자 옆에 와 섰다. 처음 나타난 날의 모습 그대로였다. 얼굴도, 키도, 몸피도 변하지 않고 똑같았다. 이제 더 이상 자라지 않을 아이, 소이.

수업을 시작하려 하자 소이는 산학에는 관심이 없는지 그대로 정자를 한 바퀴 돌아 다시 바닷가로 갔다. 그러고는 아이들이 구부리고 있던 곳에서 자신도 허리를 굽히고 갯벌을 헤집고 다녔다. 소이를 볼 때마다 이상한 생각이 들었다. 소이는 한시도 그의 곁을 떠나지 않는데 아내는 한 번도 나타난 적이 없기 때문이다. 꿈에서조차도 아내는 그에게 다가오지 않았다. 흐느끼다 제 풀에 놀라 일어나는 밤, 아내를 한 번만이라도 볼 수 있기를 간절히 원했지만 아내는 얼굴을 보여주지 않았다. 혹여 아내는 그렇게 서운한 것이 많았던 것일지도 모른다.

"스승님. 공부 언제 시작합니까?"

잠시도 참지 못하는 이주가 물었다.

"으응? 그래, 시작하자."

봄볕에 얼굴이 새까맣게 타 흰자위와 이만 하얀 사내애들 넷이 옹기종기 수업할 자세로 앉아 기다리고 있었다. 유난히 얼굴이 까맣고 코가 납작한 아이는 육촌 동생의 아들 이상이, 똑같이 매일 바닷가에서 뒹구는데도 다른 아이들에 비해 얼굴이 뽀얗고 속눈썹이 길어 계집아이같이 예쁘장한 아이는 이준이. 이준이는 그의 어린 시절을 보는 듯 그와 닮았다. 그도 어려서부터 유난히 작고 말랐으며 허약했다. 또 나이는 제일 많지만 키는 가장 작은 아이가 이주. 이주는 활발하고 적극적인 성격이라 무얼 물어봐도 제일 먼저 대답을 했다. 거의 팔 할은 틀린 답이었지만 무참해 하지 않고 다음 번에 또 질문이 떨어지기 무섭게 엉터리 답을 말했다. 이주 때문에 수업이 지루하지 않았다. 수줍음이 많아 좀체 눈을 마주치지 않는 키 큰 아이가 준하. 준하는 그와 항렬이 같아 다른 아이들에게는 아저씨 뻘이 된다. 같이 욕을 하며 뒤엉켜 싸울 때에도 다른 아이들이 꼬박꼬박 아저씨라고 하는 걸 보고 있으면 저절로 웃음이 나오기도 했다.

"오늘은 산가지 계산하는 법을 정확히 알려주마."

그날 배운 내용을 다른 사람에게 설명할 수 있을 정도로 정확하게 알아야 한다고 그는 늘 강조했다. 집에 가서 따로 시간을 내 복습이나 예습을 할 아이들이 아니라는 것을 너무도 잘 알기 때문이다. 그는 둥근 산통에서 산가지를 꺼냈다. 미리 알려준 대로 아이들도 모두 산가지를 가지고 왔다.

"산가지 계산하는 법은 집에서 대략 배웠지? 그렇지 준하야?"

"네, 형님, 아니, 스승님. 아버지께 배웠습니다."

그 대답을 하면서도 준하는 얼굴이 빨개졌다. 옆에 있던 긴 산통에서 산가지를 꺼내 정자 마루에 놓고 그중 하나를 집어 들었다. 아이들도 보자기를 풀러 각자 자기의 산가지를 꺼냈다.

"산가지*는 이천 년 전부터 중국에서 사용된 계산 도구다. 노자의 『도덕경』에도 산가지를 사용했다는 기록이 나오고 있다."

아이들은 건성으로 고개를 끄덕였다.

"그런데 내가 중국 사력을 만났을 때 확인한 결과, 중국에서는 사용법의 맥이 끊어졌다는구나. 하지만 우리 조선에서는 지금도 많이 사용하고 있다."

중국 사력 하국주에게 산통과 산가지 사십여 개를 주던 때가 떠올랐다.

"내가 산가지 계산하는 법을 알려주고 산대도 선물하자 중국 사력이 고맙다며 청나라에 돌아가 그 법을 되살리겠다고 약속했다.

---

* 대나무 등으로 만든 나무젓가락 모양의 계산 도구. '산대' 혹은 '산목'이라고도 불렀다. 막대를 다음의 방식으로 배열해 계산에 사용했다.

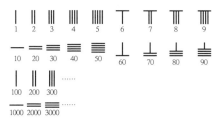

그게 벌써 십 년이나 지난 일인데 지금쯤 중국에 산가지 계산법이 되살아났을지 궁금하구나."

한 번 만난 이후로 하국주는 다시는 만나지 못했다. 앞으로도 만날 수 있는 날은 오지 않을 것이다.

"자, 이게 1이다. 이게 2고. 3, 4, 5다."*

세로로 산가지 다섯 개를 놓고 난 뒤 그는 아이들을 보고 물었다.

"자, 그다음 6은 어떻게 놓을까? 이렇게 한없이 늘어놓을까?"

"아닙니다. 가로로 위에 놓고 밑에 하나를 놓습니다."

역시 이주가 대답했다.

"그렇지. 그다음 7은 가로 밑에 세로 둘, 8은 셋, 9는 넷. 그럼 열은 어떻게 할까?"

"가로로 밑에 놓습니다."

이상이가 대답했다.

"잘했다. 그럼 이제 더하기, 빼기를 배워보자. 이렇게 12에서 4를 빼면 어떻게 되지?"

"그럼 먼저 여기 12를 이렇게 놓습니다."

이상이가 산대로 12를 놓았다.

---

* 이 당시에는 한자로 된 중국숫자를 사용해 수를 표기했다. 이 책에서는 내용의 이해를 위해 인도-아라비아 숫자로 표기한다.

"2에서 4를 뺄 수 없으니까 옆의 10에서 4를 빼서 남은 6과 이 2를 합하면 됩니다."

"잘했다."

"스승님, 차라리 그냥 12에서 4를 빼는 게 빠르지 않습니까? 답은 8이잖습니까?"

이주의 말을 들으며 그는 빙그레 웃었다. 자신도 어릴 적 아버지에게 똑같이 했던 말이다.

"그러냐? 그럼 15만 3872에서 7만 8643을 빼 보아라."

"아. 큰 숫자를 계산할 때는 암산이 어렵네요. 에이, 하지만 뭐 그렇게 큰 숫자를 쓸 적이 있기나 하나요?"

이주의 말에 아이들도 고개를 끄덕였다. 슬슬 발이 저린지 엉덩이를 이쪽저쪽으로 비비 틀기도 하고 침을 발라 콧등을 세 번 찍기도 했다.

"호조에 가서 관리가 되면 그보다 큰 숫자도 계산하게 될 것이다. 나라 곳곳에서 올라오는 조세 전체를 관리하고 장부를 만들어 출입을 세세히 기록해야 하니까."

아이들은 건성으로 고개를 끄덕였다.

"그리고 그것만이 아니라 이 세상 모든 만물의 현상을 알려면 산학을 알아야 한다. 산학이야말로 인간 세상에 가장 필요한 학문이다."

"……."

아이들은 묵묵부답이었다. 넷 모두 산학취재에 합격해 호조 관리가 되는 것을 최대의 출세로 생각하는 아이들이다. 중인이니 그보다 높은 벼슬은 바랄 수 없다. 그게 아니라면 지방 관아 향리라도 되어 호구지책이나 삼으면 됐지 산학 자체가 무슨 소용이 있느냐는 표정이었다. 산학이 깊이 연구해야 할 학문이라도 되느냐는 듯 되묻는 얼굴에 대고 왜 산학이 중요한지 설명할 마음은 들지 않았다. 자칫 강요가 될 수 있기 때문이다. 이 중 어떤 아이는 언젠가 산학의 중요성을 스스로 찾아낼 것이다. 설사 이 아이들 모두 평생 그 사실을 발견하지 못한다 해도 그것은 자신들의 몫이며 자신들의 인생이다.

수업을 마치고 바닷가를 걸어 집으로 돌아가며 그는 이곳에서 보낸 어린 시절은 어땠던가 생각했다. 지금이야 산학에 대한 생각이 달라졌지만 자신도 어린 시절에는 저 아이들과 다를 바 없었다. 아침만 먹으면 집을 나와 강아지마냥 뻘을 돌아다니다 끼니 때나 겨우 집으로 돌아오던 어린 시절. 양 손등과 뺨이 얼어 터지도록 연을 날렸고 날마다 갯벌을 이 잡듯 뒤졌고 오소리마냥 뒷산을 쏘다녔다.

호조 산학교수였던 아버지는 다섯째 득하와 막내 여동생과 함께 한양에서 지내고 자신과 세 동생은 산학취재를 볼 때까지 할머니와 함께 이곳에서 자랐다.

산학교수라고 해도 한없이 관리 생활을 할 수 있는 것은 아니다. 관리를 그만둔 뒤에는 고향으로 내려오는 것이 남양홍씨 집안 산학자들의 정해진 행보였다. 혹 차남이라면 모를까 장남은 예외가 없었다. 이곳에는 조상들이 마련한 땅이 있고 거기서 나는 양식으로 궁핍하지 않게 생활할 수 있으니 호조를 그만두면 당연히 이곳으로 내려왔다. 무엇보다 선산이 있고 조상들의 묘가 있었다. 할아버지 홍서주도 산학교수를 마치고 이곳으로 내려와 지냈다. 심장이 좋지 않은 집안 내력을 이어받은 할아버지는 내려온 지 몇 해 뒤 세상을 떴다. 갑자기 홀로 된 할머니 때문에라도 그의 형제들은 한양으로 갈 수 없었다. 산학취재를 보러 갈 때까지 할머니를 도와 농사일을 하며 집을 지켜야 했다.

할아버지뿐 아니라 할머니, 어머니, 아버지 모두 장수하지는 못했다. 그나마 위안이 되는 것은 그 일을 보기 전에 어머니가 눈을 감았다는 사실이다. 자신도 지금 죽어도 원통 절통할 나이는 아니라고 생각했다. 세상에는 요절하는 사람도 수없이 많다.

고향으로 내려오니 어릴 때 생각이 많이 났다. 몇십 년이 지났지만 변한 것은 없었다. 바다도 그대로이고 논밭도 산도 살고 있는 사람도 비슷했다. 그는 어릴 적 친구 큰남이를 만나러 가려고 발걸음을 돌렸다.

연꽃배미의 넓이

갑술년(1694년) 구월 어느 날. 며칠 전 추수를 하여 온통 잿빛으로 변한 큰남이네 논에 마을 사람들 여럿이 모여 있었다. 바닷가에 망둥이를 잡으러 가려던 아이들은 서로 눈짓을 한 뒤 그곳을 향해 달려가기 시작했다. 이런 구경을 놓친다는 것은 있을 수 없는 일이라 나도 아이들을 따라 달렸다.

"쌀 열 가마를 내는 게 너무 많다는 게냐?"

심대감의 큰아들이 큰남이 아버지를 보며 말했다.

"아, 저. 그런 게 아니라."

큰남이 아버지가 쩔쩔매며 더듬거렸다.

"도지가 높으면 그럼 농사를 관두면 되겠구나."

심대감의 아들이 차갑게 말했다.

"아, 아닙니다, 나으리. 그게 아니라 저······ 옆 논은 이곳보다 더 넓은데도 여덟 가마만······ 받지 않습니까? 이 논도······ 그 정도만 해주시면 그 은혜 잊지 않겠습니다."

큰남이 아버지는 어쩔 줄 몰라하며 간신히 대답했다.

"아니, 이놈이 정말. 내가 저 옆 논보다 가혹하게 받는다는 말이냐? 이 논이 저 논보다 크면 컸지 더 작을 리가 없다. 내 보기에는 이 논이 훨씬 크구만."

한 논은 연꽃배미로 울퉁불퉁 둥근 모양이고 다른 논은 사부등답四不等畓*으로 길쭉해서 눈으로 보고 크기를 재단하기 어려워 보였다. 마을 모든 논밭의 정확한 넓이는 아무도 알 수가 없었다. 토지 측량에 필요한 최소한의 지식조차도 아는 이가 없기 때문에 눈대중이나 걸음걸이로 대충 짐작해 도지를 정하는 수밖에 없었다.

"그것이, 저······ 그럴 리가 없는 게요, 제가 정말 열심히 일을 하는뎁쇼. 그런데 나오는 쌀 자체가 저쪽이 더 많단 말입니다. 정확히 알 수는 없지만요. 옆 논이 아무래도 더······ 넓은 듯싶습니다. 벼 타작을 해보면······."

더듬거리며 큰남이 아버지가 설명을 했다.

"헛참. 별소리를 다 듣겠네. 내가 왜 아무 이유도 없이 너에게만

---

* 네 변의 길이가 모두 다른 사각형 모양의 논

도지를 더 받겠나?"

심대감 아들도 답답하다는 듯 말했다.

"그러문입쇼. 아이구, 저, 그런데…… 저는 정말 열심히 농사를 짓습니다. 어르신도 아실 것입니다."

옆에 있던 마을 사람들도 모두 고개를 끄덕였다. 마을에서 큰남이 아버지만큼 부지런하고 열심히 사는 사람은 없었다. 아픈 아내 대신 아이들 건사하고 농사도 지으며 작은 배를 만들어 큰남이와 함께 고기도 잡으러 다녔다.

"그런데 어찌 된 것이 옆의 논보다 쌀은 적게 나오고 도지는 더 내야 하니…… 가을에 남는 것이 없습니다. 바로 옆 논이니 땅이 차이가 날 리도 없고요. 거름도 제가 훨씬 많이 내고 있는데 말입니다."

"나는 도지를 내릴 생각이 추호도 없으니 마음대로 해라. 짓고 싶지 않으면 내놓으면 그만일 터."

논주인 심대감의 큰아들이 집으로 발길을 돌렸다.

한 달쯤 전, 한양 살던 심대감 큰아들이 식솔들을 데리고 본가로 내려왔다는 소문을 들었지만 그의 얼굴은 처음 봤다. 소작인인 큰남이 아버지는 둥둥 걷어붙인 바지도 내리지 못하고 사정을 하며 심대감 아들을 따라갔다. 어서 갈 데로 가라는 어른들의 꾸중을 요령껏 피하며 우리들도 끈질기게 뒤를 쫓아갔다. 집 대문 앞에서 주인은 다시 한 번 도지를 내려줄 의향이 없다고 쐐기를 박고 문을 닫아버렸다.

"아이고, 괜한 소리 했다가 논마저 떼이게 생겼네. 아이고."

땅을 치며 우는 자기 아버지를 내려다보고 큰남이도 뚝뚝 눈물을 흘렸다. 둘러선 사람들도 혀를 차며 안타까워했다. 그러다 문득 손등으로 눈물을 훔친 큰남이가 나를 올려다보며 물어봤다.

"정하야, 네가 논의 넓이를 계산할 수 있지 않냐?"

"뭐어? 나?"

나는 엄지손가락으로 내 몸을 가리키며 놀라 물었다.

"너희 집은 대대로 산학자 집안 아니니? 그러니까 너도 할 수 있지 않아?"

"글쎄. 난 아직…… 잘 못하는데."

잘 못하는 정도가 아니라 까막눈이었다. 사실 노는 데 정신이 팔려 나는 산학에는 관심도 없었다. 산학책만 슬쩍 펼쳐 봐도 지루하고 따분하기만 해 하품만 해대다가 책을 집어 던지고 동네로 바다로 뛰어다녔다.

"정하야. 너밖에 없다. 도와줘."

큰남이 아버지를 위로하고 있던 동네 사람들이 모두 나를 내려다봤다. 누구보다 내 실력을 잘 아는 큰남이가 사람들 앞에서 그렇게 말하는 것이 원망스러웠다. 또 한편으로는 산학자 집안 아이는 안 배워도 산학을 알 거라고 생각하는 사람들이 답답했다.

"홍교수네 장손 아녀?"

"…… 네."

"산학교수 손자니 어련하려구. 그래, 니가 두 논의 넓이를 재서 어떤 논이 더 넓은지 알아봐줘라. 다른 주인들하고 달리 심대감댁은 그리 야박하시 않으니까 말은 저렇게 해도 아마 큰남이네가 짓는 논이 더 작으면 도지를 내려주고 다시 짓게 해줄 거야."

동네 아저씨가 얼른 그렇게 하라고 등을 두드렸다.

"아, 하지만 아직 산학을 제대로 배우지 않아서…… 할 수가……."

"그래도 우리들보다야 훨씬 낫지 않겠냐? 사람 하나 살리는 셈 치고 한 번 얼른 재봐라."

"흠. 그 말이 맞네."

동네 사람들은 밑져야 본전이라고 주인에게 다시 한 번 사정을 하자고 했다. 대문을 두드리자 하인이 나왔다.

"주인마님 좀 만나게 해다오."

큰남이 아버지가 사정을 했다.

"아휴, 안 돼요. 주인마님 지금 화나셨어요. 돌아가셔요."

큰남이 아버지가 하인과 실랑이를 하고 있을 때 안채에서 내 또래의 여자아이가 나오더니 대문 밖에 늘어서 있는 마을 사람들을 내다봤다. 비단옷을 입고 붉은 댕기를 드린 여자아이는 그 집 딸인 모양이었다. 그 애의 얼굴을 보는 순간 나는 왜 그런지 고장이라도 난 듯이 심장이 불규칙하게 두근거렸다.

"아이고, 아씨. 제 사정 좀 들어봐주셔요."

울먹이느라 제대로 말도 못 잇는 큰남이 아버지 말을 다 들은 여자아이는 고개를 돌려 내 얼굴을 바라봤다.

"네가 정말 논의 넓이를 잴 수 있다는 거니?"

동그랗게 뜬 그 애의 눈과 마주치자 나는 황급히 고개를 떨구었다.

"아, 뭐……."

나는 곁눈질로 큰남이를 째려봤다. 그러나 왠지 여자애 앞에서 못한다는 말을 하기가 죽기보다 싫었다.

"아, 예. 정확한 것은 아니지만……."

아차 싶었지만 다시 번복할 수도 없었다.

"그래? 네 이름이 뭐니?"

"예? 아, 예. 정하입니다. 홍정하."

내 대답이 끝나자마자 큰남이 아버지가 지푸라기라도 잡으려는 심정인지 얼른 말을 이었다.

"예. 호조 산학교수로 계시는 홍재원 어른 큰아들이에요."

그러냐는 듯 고개를 끄덕이던 여자아이는 빙긋 웃으며 말했다.

"내가 할아버지와 아버지께 여쭈어볼게. 내 이름은 연이야."

그렇게 말하고 들어간 연이는 조금 뒤 할아버지 손을 잡고 대문으로 나왔다. 그 뒤에 연이 아버지도 따라 나왔다.

"이 애가 그 애냐? 한번 재보라고 해라. 억울하게 도지를 많이 받는 것도 좋은 일이 아니다. 정확히 계산할 수 있다면야 그렇게 하는 게 좋겠지."

연이의 할아버지가 말했다.

"네, 아버님."

연이 아버지는 얼른 두 논을 재보고 자신에게 알려 달라고 했다.

"아, 그런데 그게, 당장은 좀⋯⋯."

나는 일단 시간이라도 벌어야겠다고 생각하며 이렇게 말했다.

"그래? 사흘의 말미를 주겠다. 사흘 안에 정확한 넓이를 재지 못한다면 이 사람의 논은 다른 사람이 짓게 될 것이다."

나는 친구들과 함께 논으로 갔다. 벼를 벤 논은 휑했다. 무슨 일에건 나서는 편이 아닌데 왜 그랬는지 나도 알 수가 없었다. 오히려 수줍음이 많은 편인 내가 왜 한다고 약속을 했을까 후회 막심했다. 큰남이네 잿빛 논을 바라보니 앞이 캄캄해지며 막막한 기분이 몰려왔다.

먼저 사다리꼴 논의 사방을 재기로 했다. 그건 그렇게 어렵지 않을 듯싶었다. 동쪽 논두렁은 예순 걸음이었다. 서쪽 논두렁은 쉰한 걸음, 북쪽은 서른 걸음, 남쪽은 마흔네 걸음이었다.

집으로 돌아와 산학책을 모두 꺼냈다. 경선징 할아버지의 『묵사집산법默思集算法』도 펼쳐보았지만 아직 공부를 하지 않아 풀이법을 이해할 수 없었다.

'으이구, 이럴 줄 알았으면 공부를 열심히 할걸.'

속으로 무진장 후회를 했다. 한문 공부도 게을리해서 아는 한자가 없어 문제의 뜻조차 해석이 안 됐다.

"아, 아버지께 편지를 보내 답을 알 수 있다면 좋으련만."

물론 아버지는 단번에 차이를 알아내겠지만 한양까지 편지를 가져갈 사람도 없고 설사 있다 하여도 사흘 안에 답을 가지고 오기는 불가능했다.

"웬 책들을 다 꺼내놓고 한숨을 쉬고 있는 게냐?"

생전 가야 책 한 번 보지 않던 내가 책을 들여다보고 있으니 기특한지 할머니가 물었다.

"아, 맞다. 할머니. 할머니도 산학자 집안에서 나고 자라서 산학자 집안으로 시집오셨으니 산학에 대해 아시죠?"

"에휴."

할머니는 손사래를 쳤다.

"나는 어려서부터 산학이라면 머리가 아팠다. 뭔 소린지 말을 해도 모르겠고. 딸들한테는 가르쳐주지도 않았지만 배우고 싶은 마음도 눈곱만큼도 없었지. 골치 아프게 뭐 하러 그런 건 배우겠냐? 여자가 관리가 될 것도 아니고. 난 그저 수놓고 음식 만드는 게 재미있었지.”

“휴.”

“허긴 늬 에미는 남자 형제들 틈에서 함께 산학을 배우기도 했다고 하드라만. 늬 외할아버지가 아들이었으면 얼마나 좋았겠냐고 한탄했다고 안 하더냐? 시집와 애 낳고 살림하느라 늬 에미도 다 잊어버렸겠지만 말여. 그런데 그건 왜 물어? 어여 밥이나 먹지.”

“아, 아니에요.”

괜히 나선 것이 아닌가 후회가 되고 입이 마를 정도로 걱정이 됐다. 그 논을 못 짓게 되면 큰남이네는 입에 풀칠하기도 어려울 게 뻔했다.

‘무슨 일이 있어도 알아내야 돼.’

사다리꼴 논은 어떻게 해서든 알아낼 수 있을 것 같았다. 네모반듯하게 잘라서 정사각형의 넓이를 구하고 거기에 양 옆에 붙은 삼각형의 넓이를 구해 더하면 될 것이다. 삼각형은 사각형 넓이의 중반*이니까 그렇게 어려울 것 같지는 않았다.

“문제는 연꽃배미의 넓이란 말이지.”

---

* 반

곡선으로 구불구불한 논의 넓이를 어떻게 잰단 말인가.

"정하야, 밥 먹으란 소리 안 들리냐?"

할머니의 큰소리가 들려왔다.

"네? 아, 네."

할머니의 재촉에도 불구하고 나는 밥이 식는 줄도 모르고 생각에 잠겨 있다가 몇 번이나 얼른 먹으라는 독촉을 받고서야 겨우 몇 숟가락 뜰 수 있었다. 이불을 펴고 누워서도 그 생각뿐이었다. 제하와 우하, 문하가 코를 골기 시작한 뒤로 한참이 지나도 잠을 이루지 못하고 골똘히 생각에 잠겼다.

다음 날도 논에 나갔지만 뾰족한 수는 생각나지 않았다.

"정하야, 알아냈어?"

큰남이가 내 얼굴을 보자마자 물었다.

"아니, 아직."

"휴."

큰남이는 한숨을 쉬었다. 내가 빨리 알아내기만 간절히 기다리고 있는 것을 보니 마음이 더욱 초조해졌다. 하지만 날이 다 지나도록 나는 문제를 해결할 수가 없었다.

밤이 되어도 문제를 해결할 방법이 떠오르지 않자 더욱 걱정이 되었다. 아버지가 늘 하던 말이 생각났다.

"정하야, 어려운 문제가 있을 때는 쉽게 포기하지 말아라. 처음에는 어림도 없던 문제도 계속 생각하며 풀려고 애쓰고 집중해서 해결책을 찾다보면 작지만 실마리가 풀리게 되는 순간이 온다. 극도로 몰입해서 그 문제만 생각하면 두뇌에 놀랄 만한 변화가 생기게 되지. 그런 경험을 이 애비는 꽤 여러 번 했다.”

들을 때는 한 귀로 듣고 한 귀로 흘려보낸 말인데 또렷이 기억이 났다.

“아, 아버지 말씀이 맞아. 내일이면 끝인데. 아, 집중하자. 집중하자. 집중.”

자리에 들지도 못하고 머리를 쥐어짜며 생각을 가다듬다 보니 들창문이 뿌옇게 밝아왔다. 바로 그때, 갑자기 부싯돌에 불꽃이 튀기듯 머릿속에 번쩍 어떤 생각이 떠올랐다.

“아! 그렇게라도 해보자.”

벌떡 일어나 얼른 옷을 입고 대나무 자와 종이와 붓을 들고 큰남이네 논으로 달려갔다. 아직 해가 뜨지 않은 데다가 안개가 짙게 껴 앞을 분간할 수 없을 정도로 뿌연 들판을 달려간 나는 큰남이네 논 앞에 주저앉았다. 잠시 쉬면서 숨을 골랐다. 어차피 안개가 심해 당장 논을 잴 수도 없었다.

잠시 그렇게 앉아 있자 서서히 안개가 걷혀가기 시작했다. 원래 바닷가라 안개가 자주 끼지만 이토록 심하게 끼는 날은 그리 많지 않다. 낮에는 아마 할머니 말대로 햇볕이 따가울 것이라고 생각했다.

"정하야."

큰남이도 걱정이 되어 잠이 안 오는지 논으로 달려오다가 나를 발견하고 반갑게 불렀다.

"방법이 있을 것 같아."

내 말에 큰남이는 소리를 질렀다.

"정말? 우와."

나는 연꽃배미의 논을 최대한 큰 정사각형으로 나누어 짚으로 표시를 해두고 그 넓이를 계산했다. 그리고 네 방향으로 남은 자투리 땅을 계산해 더하면 되는 것이다. 하지만 곡선의 넓이를 알아내는 방법을 몰랐다. 그래서 남은 땅을 대나무 자로 사방 한 자씩 재나갔다. 그렇게 재고 남은 땅들을 모두 합하자 사방 한 자의 두 배 정도가 됐다. 정확한 것은 아니고 어림짐작이었다. 한 걸음은 두 자 정도 되니 대나무 자로 잰 개수를 반으로 나눠 정사각형 넓이에 더하면 됐다. 품이 많이 들지만 그래도 비슷하게 잴 수 있는 방법이었다. 한참 대나무 자로 땅을 재고 있는데 땅주인이 논으로 나왔다.

"지금 어떻게 넓이를 재고 있는 게냐?"

"저, 그게……."

더듬거리는 나의 설명을 참을성 있게 들은 땅주인은 물끄러미 나를 내려다봤다.

"그래. 네 계산에 따르면 어느 논이 더 넓으냐?"

"예. 연꽃배미 논이 십 중 일 정도 넓습니다."

"그래? 그런데도 저 논을 더 받았단 말이지? 흠음."

주인은 나를 한동안 내려다보다 피식 웃었다.

"그건 그렇고. 아무래도 논의 넓이를 그렇게 재는 것은 올바른 산학 방법이 아닌 것 같은데. 너무 어설프지 않으냐?"

"……."

나는 고개를 푹 숙였다. 곧 불호령이 떨어질 것이라 생각하니 저절로 자라목이 되었다. 논의 넓이를 재는 내 방법이 너무 보잘것없고 한심하게 느껴졌다.

"하지만 아직 어린 네가 문제를 해결하려 노력하는 모습을 보니 대견하구나. 너를 봐서 논의 도지를 내려줄 것이다. 사실 나라에서도 세금 때문에 토지의 넓이를 정확히 재려 노력하지만 쉽지 않은 상황이라고 하더라. 어린 네가 애를 쓴 것만 해도 대단하구나."

"고, 고맙습니다."

의외라 고개를 번쩍 든 나를 심대감 아들이 내려다봤다.

"너, 아침은 먹었니?"

"네? 아, 아직요."

그 말을 듣자 못 견디게 배가 고파왔다.

"가자."

"네?"

심대감 아들은 아무 말 없이 앞장섰다. 큰남이는 아버지에게 알리겠다고 자기 집으로 달려갔다.

"이 아이와 함께 먹을 아침을 준비해라."

집 안으로 들어서며 심대감 아들은 하인에게 그렇게 말하고 사랑으로 갔다. 사랑은 상하방으로 되어 있었는데 아랫방에는 주인의 아버지, 심대감이 있었다.

"아버님. 저 아이가 연꽃배미 논까지 넓이를 다 쟀습니다. 첫새벽부터 나와 재느라 아침도 못 먹었다기에 데려왔습니다. 아침이나 먹이려고요."

"그래 그래. 어찌 쟀는지 나에게도 말 좀 해다오."

나는 띄엄띄엄 논을 잰 방법을 심대감에게도 설명했다. 손바닥에 축축하게 땀이 뱄다.

"실은…… 제가 아직 산학 공부를…… 열심히 하지 않아 산학적인 방법으로 잰 것은…… 아닙니다. 열심히 공부해서 다음에는 정확히…… 재도록 하겠습니다. 송구합니다."

"하하하. 참, 그 녀석. 아깝다, 아까워."

심대감은 이렇게 말하며 크게 웃었다.

사랑으로 내온 상은 내가 평상시에 먹는 상과는 비교할 수도 없을 만큼 푸짐했다. 입이 짧아 많이 먹지 못하는 나지만 다른 날보다는 훨씬 많이 먹었다.

"네 의견을 믿고 도지를 조정하도록 하겠다."

심대감 아들은 나에게 집에서 곤 엿과 자기 집 선산에서 딴 밤을 소쿠리에 담아주었다.

"가지고 가서 할머니와 동생들과 먹어라."

"아, 네. 고맙습니다."

고개를 드니 연이가 안방에서 나오다 나를 빤히 내려다보았다. 심장이 땅에 떨어질 만큼 놀랐다. 다시 봐도 연이는 선녀처럼 고왔다. 나는 하마터면 소쿠리에 담긴 밤과 엿을 연이에게 줄 뻔했다. 부끄러움을 무릅쓰고 슬쩍 바라보자 연이는 활짝 웃었다. 웃을 때 볼에 패는 볼우물이 앙증맞았다. 여동생이 있지만 지금껏 얼굴도 못 보았고 남자 형제만 다섯인 나에게 연이는 신기한 존재였다. 아쉽지만 돌아서려는데 연이가 댓돌에서 신발을 찾아 신고 내려오며 나를 불렀다.

"얘, 너 집에 가니? 나랑 조금 놀다 가면 안 되니?"

나는 얼굴이 달아오르며 제대로 대답을 하지 못했다.

"그래. 우리 연이하고 동갑이겠구나."

심대감 아들이 말했다.

"아부지, 애랑 좀 놀아도 돼요?"

연이는 아버지 손을 잡으며 올려다봤다.

"응, 그래. 좀 놀다 가거라. 연이야, 또 아프면 안 되니까 조금만 놀고 들어가라. 날씨가 차다."

"네, 아부지."

아버지 말이 끝나자마자 연이는 내 손을 잡고 뒤뜰로 갔다. 여자아이들이 하는 소꿉놀이는 유치해 몸이 근질거렸지만 연이와 같이 있는 것이 마냥 즐거워 나는 정신을 차릴 수가 없었다.

저녁때 할머니가 찾으러 오지 않았다면 아마 염치없이 저녁까지 먹고 오려고 미적거렸을 것이다. 나를 데리고 가며 할머니는 하루 종일 얼마나 걱정했는지 아느냐고 했다.

"아, 아침 먹으라고 깨우니 애가 있어야지. 제하한테 물어보니 오늘 그놈의 논 때문에 나갔나보다고 하기에 늦은 아침때는 돌아오겠지 혔지. 마침 오늘 메주를 쑤느라고 정신이 없어서 안 온 줄도 모르고 있었는데 점심때가 돼도 안 오고 저녁이 될 때까지도 안 오니 내가 얼마나 걱정을 했겠니? 원, 애가 왜 생전 안 하던 짓을 하고 난리람?"

나는 할머니가 혹시 눈치챌까봐 걱정이 됐다.

"그 집 아가씨가 아파서 잘 놀지도 못하는데 나보고 잠깐 놀아주라고 해서…… 어쩔 수 없었어요."

"그려? 점심은 심대감댁에서 먹은 거여?"

"네."

머릿속에는 내일 또 놀러 오라는 연이의 목소리밖에 아무 소리
도 들리지 않았고 내 마음은 마치 하늘의 구름을 밟고 가는 것처럼
둥둥 떠올랐다.

주막집 아들 동이

바닷가 정자에서 산학 수업을 한 지 두어 달이 지났다. 배우는 아이들도 차츰 수업 방식에 익숙해져 갔다. 무릎 꿇고 조금도 참지 못하던 아이들도 시간이 흐르자 자신도 모르는 새 몸에 배었는지 꽤 오랜 시간 동안 너끈하게 버텼고 허리를 쫙 펴는 바른 자세를 유지했다.

날이 점점 더워져 한낮에는 제법 땀이 흘러내렸다. 지난겨울이 몹시도 춥더니 올여름은 더울 모양이었다. 아직 오월도 안 됐는데 날씨가 여름 같았다. 근래 십여 년은 해마다 겨울이 점점 더 추워졌다. 흉년이 든 데다 몇 년 전 역병까지 겹쳐 백성이 살기는 이래저래 더 힘들어졌다. 가난한 백성들한테는 겨울보다 여름이 살기 수월한 것이 사실이다. 얼어 죽을 일도 없고 나물이라도 캐 먹을 수 있으니 말이다.

어느 날 한참 수업을 하는데 한 아이가 정자로 다가왔다. 지나가는 아이인 줄 알았는데 할 말이라도 있는지 정자 밑에서 쭈뼛거렸다. 까맣게 탄 얼굴과 낡은 입성으로 보아 넉넉한 집안의 아이는 아니었다.

"너는 누구냐?"

그러자 정자에 있던 이상이가 후다닥 뛰어 내려가 사납게 아이를 밀쳤다.

"왜 왔어? 우리 공부하는데."

이상이의 행동은 동냥 온 거지를 대하듯 거칠었다.

"그만두어라. 말로 하면 되지 왜 밀치고 그러니. 애야, 왜 왔니?"

그가 이상이를 말리며 다시 물었다.

"저, 그게."

아이는 머뭇거렸다.

"할 말이라도 있느냐?"

그가 재차 물었다.

"예. 산학을 가르치신다는…… 소문을 듣고 왔습니다."

아이는 간신히 대답했다.

"혹시 너도 산학을 배우고 싶으냐?"

"…… 예."

그러자 아이들이 매미떼처럼 떠들어대기 시작했다.

"아무나 배우는 건 줄 아냐?"

"웃기시네."

"아, 스승님. 쟤는 배울 수가 없지요?"

가만히 듣고 있던 그는 아이들이 조금 잠잠해질 때까지 기다렸다. 조용하지만 누구보다 깐깐한 성품인 줄 아는 아이들은 잠시 뒤 스스로 조용해졌다.

"그래, 너는 어디 사는 누구냐?"

그가 아이를 바라보며 물었다.

"저는, 저, 저 백고지 초입에 사는 동이라고 합니다. 선생님께서 산학을 가르치신다기에…… 저도 배우고자 찾아왔습니다."

그러자 이준이가 말을 자르고 불쑥 말했다.

"너네 집은 여기서 십 리도 넘게 떨어져 있잖아?"

그렇게 먼 데 있는 동이를 아이들이 알고 있는 것이 의아했다.

"스승님. 쟤 어미는 술집 주모입니다."

"스승님 안 계실 때 어제도 왔었는데 저희들이 오지 말라고 했습니다."

"그런데도 오늘 또 왔네요."

"찐드기."

헤헤 웃던 아이들은 그의 꼿꼿한 눈길에 입을 다물고 고개를 숙였다. 동이는 얼굴이 벌게진 채 가라는 말이라도 떨어질까 두려운지 어깨를 좁히고 서 있었다.

"그래. 여기 있는 아이들 넷은 모두 아비가 산학을 하는 집 아이들이다. 이 아이들은 산학취재를 보거나 아니면 원의 아전이 될 것이다. 물론 한문 공부도 병행하고 있으니 적어도 천자문은 막힘없이 읽을 수 있어야 수업을 들을 수 있다. 글자는 아느냐?"

그가 묻자 동이는 고개를 들어 그를 보며 말했다.

"예. 부끄러운 수준이지만 혼자 공부하여 『천자문』과 『동몽선습』, 『소학』을 뗐습니다. 지금 『논어』를 읽고 있습니다."

"그래? 주막집 아이가 혼자 『논어』를 공부하고 있다니 대단하구나."

그는 고개를 끄덕였다.

"저희 집이 주막을 하게 된 것은 그리 오래된 일이 아닙니다. 저희도 그냥 농사를 짓는 양인이었는데 그만……."

아이는 눈에 눈물이 그렁그렁해져서 말을 잇지 못했다.

"흠, 그렇구나. 무슨 사정이 있는 게지. 그건 그렇고 너는 무슨 연유로 산학을 배우고자 하느냐?"

동이는 넙죽 절부터 했다.

"저는 물론 산학 시험을 볼 수 없을 겁니다. 그래도 꼭 배우고 싶습니다. 저희 엄니가 장사를 하는데 외상을 지고는 갚지 않는 사람이 많고 시간이 지나 외상값이 밀리면 얼마인지도 모르는 경우가 허다합니다. 그래서 몹시 억울하고 답답합니다. 저도 배우고 싶습니다. 그래서 엄니를 도와드리겠습니다."

아이들은 무엇으로 수업료를 할 거냐며 비웃었지만 그는 받아들이기로 했다. 유수석을 만나 겸재와 김창흡 형제들을 만나던 때가 떠올랐다. 그와 유수석은 반상의 차이가 뚜렷한 그들과도 거리낌 없이 시와 그림과 악을 논했다. 그들도 그를 신분이 낮은 중인이라고 무시하지 않았고 유수석과 자신도 그들을 상전이 아닌 진정한 벗으로 생각했다.

"자행속수이상 오미상무회언自行束脩以上, 吾未嘗無誨焉*이라 했다."

그 말을 듣고 동이가 얼굴을 들었는데 두 눈이 빛나고 입가에 미소가 돌았다. 뜻을 알아차린 것이다.

"스스로 제자로서의 예를 행하는 이상 가르치지 않은 적이 없다는 공자님의 말씀인 줄은 너희들도 알겠지? 대성현께서도 그러셨거늘 하물며 나랴."

정자에 있던 아이들은 입이 쑤욱 나왔고 밑에 있던 동이는 그를 쳐다봤다. 눈이 총명해 보였다.

---

* 『논어』 술이(述而) 편에 나오는 말로 공자는 한 묶음의 말린 고기만 수업료로 가져와도 제
  자로 거두지 않은 적이 없다는 말로 신분에 차별을 두지 않고 제자로 삼았다는 뜻이다.

"고맙습니다. 고맙습니다. 제가 땔나무도 대고 고기도 잡아다 드리겠습니다. 제가 맛을 아주 잘 잡거든요. 그리고 엄니가 어떡해서든 꼭 강미*를 마련해준다고 했습니다."

동이가 그의 손짓에 따라 정자로 오르자 먼저 앉아 있던 아이들은 입을 삐죽였지만 어쩔 수 없이 자리를 조금씩 비켜주었다.

"수업을 하리 오면 먼저 왼손이 위로 가게 두 손을 맞잡고 깊이 허리를 숙이며 손을 아래로 내렸다 올리며 읍을 해야 한다. 그리고 수업을 받는 동안에는 무릎을 꿇고 있어야 한다."

"예, 선생님."

첫날 동이는 산학에 대한 기초지식이 없어서 말귀를 잘 알아듣지 못했다. 그러나 수업이 끝날 때까지 무릎을 꿇은 채 흐트러짐 없이 귀를 쫑긋 세우고 집중했다.

"깨달으려고 분발하지 않으면 깨우쳐주지 않으며 배운 것을 말로 나타내려 애쓰지 않으면 말문을 틔워주지 않는다. 한 모퉁이를 들어 보일 때 나머지 세 모퉁이가 있다는 것을 깨닫지 못하는 자에게는 다시 가르쳐주지 않는 법이다. 어디 나온 구절인지 물론 다들 알고 있겠지?"

"예에. 『논어』입니다."

---

* 수업료

"가르치려는 자가 중요한 것이 아니라 배우려는 자가 중요한 것이다."

그는 아이들을 바라보며 말했다.

"선생님. 창으로 가르쳐주세요."

"네. 어려운 공부도 창으로 하면 쉽습니다."

그는 목청이 좋았다. 평상시 목소리도 듣기 좋지만 창을 할 때의 목소리는 타고났다는 말을 많이 들었다. 웃대 살 때도 수성계곡이나 백사실계곡에서 열리는 시사詩社에 가면 벗들은 그에게 몇 번이고 노래를 청했고 들을 때마다 무릎을 치며 감탄했다. 맑고 찬 물이 흐르던 수성계곡과 청풍계, 산벚꽃이 피던 봄, 푸르던 여름, 단풍 곱던 가을도 좋지만 온 산에 눈이 내릴 때도 한 폭의 수묵화 같았던 곳. 겸재 영감도 생각나고 홍세태 어른도 생각났다. 죽어 눈을 감을 때까지 잊지 못할 벗, 유수석. 그곳에서 살았던 수십 년이 꿈 같았다.

"스승님?"

이상이가 눈을 감고 있는 그를 재촉했다.

"으응? 그래. 창으로 불러보자꾸나."

목청을 가다듬은 뒤 그는 선창을 했다. 『산학계몽算學啓蒙』의 포산결布算訣에 그가 가락을 붙인 것이다.

"일은 세로로 십은 가로로 백은 세우고 천은 넘어졌네."

"일은 세로로 십은 가로로 백은 세우고 천은 넘어졌네."

아이들은 창을 한다기보다 제멋대로 소리를 꽥꽥 질러대고 있었다. 그래도 딱딱한 수업 시간보다 훨씬 재미있는지 서로 장난을 치며 열심히 따라 불렀다.

"천과 십은 서로 같은 모양, 만과 백은 서로 바라보네."

"천과 십은 서로 같은 모양, 만과 백은 서로 바라보네."

"육 이상의 숫자는 모두 오를 뜻하는 산대기 위에 있네."

"육 이상의 숫자는 모두 오를 뜻하는 산대가 위에 있네."

무슨 의미인지 아는지 모르는지 아이들은 목이 터져라 노래를 불렀다. 세 번 반복한 뒤 돌아가면서 한 구절씩 불러보라고 하자 잊어버리지 않고 곧잘 불렀다.

"집에 가면서 열 번씩 불러라. 의미를 따지기 전에 그저 입만 열면 그 노래가 술술 나오도록 무조건 불러서 입에 익혀야 한다."

"네."

하나둘 아이들이 가고 동이만 남았다. 일어서려던 동이는 그대로 주저앉고 말았다. 꼼짝도 안 하고 무릎을 꿇고 있더니 발이 저려 넘어진 모양이었다.

"왼발을 오른발 위에 올려놓고 무릎을 꿇어라. 처음에는 견디기 힘들겠지만 나중에는 몇 시간도 버틸 수 있다. 하루 종일 무릎을 꿇고 있는 사람도 본 적이 있다. 무릎을 꿇으면 자연히 허리가 펴지고 자세가 바르게 된다."

"예, 스승님."

쭈뼛거리고 서 있던 동이는 먼저 정자를 떠난 아이들이 모두 사라져 보이지 않자 넙죽 큰절을 했다.

"스승님, 고맙습니다."

"열심히 따라 배워라. 유교무류有教無類라 했다. 가르침에 어찌 차별이 있겠니."

"고맙습니다. 고맙습니다."

어린 시절 처음으로 신분의 차이에 대해 절망했던 때가 떠올랐다. 어릴 때부터 큰 부자는 아니었지만 집안 형편이 어렵지 않았고 대대로 산학을 하는 집안이었기에 별달리 중인이라는 것에 불만은 없었다. 연이를 만나기 전까지는. 양반집 딸 연이를 만나고 남몰래 애태우고 그리워하면서 처음으로 중인이라는 신분이 무겁게 자신을 짓누르는 사실에 절망했다. 특히 연이 할아버지 심대감이 그를 보고 혀를 찰 때면 나락으로 떨어지는 것처럼 현기증이 났다.

"쯧쯧. 아깝다. 중인 자식만 아니었어도……."

그랬다면 어땠을까 혼자 멋대로 상상하느라 밤에 잠자리에서 뒤척인 경우도 많았다.

연꽃배미 넓이 재는 일 때문에 처음 만난 열한 살 이후 그와 연이는 종종 만나 함께 지냈다. 둘 다 고집을 피울 줄 몰랐고 서로에게 양보했으며 하루 종일 놀아도 목소리 한 번 높일 필요가 없었다. 단

하루도 둘이 만나 즐겁지 않은 날이 없었건만. 그러나 신분은 개인이 넘거나 부술 수 없는 벽이었다. 평상시에는 말랑말랑해 보이지만 결정적인 순간에는 강철과도 같이 견고해지는 바윗덩어리였다. 세상에 태어나면서 신분이 정해질 바에야 사람의 마음도 신분을 넘지 않는 선에서 결정되면 얼마나 좋을까. 항상 자기의 분수를 알아 마음이 그렇게만 간다면, 그렇다면 마음을 다칠 일도 없을 텐데.

연이의 혼례가 있던 날 그는 결국 앓아누웠다. 그렇게 될 줄 몰랐던 것도 아니었는데 막상 닥치자 예상보다 큰 절망감이 그를 휩쌌다. 혼례가 결정되었다는 소식도 남을 통해 들었고 마지막 만남도 없었다. 혼례 날을 받아놓고는 드나드는 사람도 많고 연이도 밖으로 나올 수 없었기 때문이다. 작별인사도 할 시간이 없었다. 막상 가기 전에 만났다 해도 마음만 찢어질 뿐 할 말도 없었을 것이다.

며칠 동안 잠도 못 자고 밥도 제대로 못 먹었지만 누구도 연이 때문이라고는 짐작하지 못했다. 워낙 몸이 약한 그였기에 또 탈이 난 것이라고 생각할 뿐이었다. 그저 자기 혼자만 마음이 무너져내려 물 한 모금도 마시지 못하고 누워 있었다. 자신보다 더 낮은 신분인 동이를 보니 그날이 생각나며 마음이 아팠다.

'하지만 그것도 네가 감당해야 할 너의 운명이 아니겠니?'

멀리 노을이 지는 바닷가를 바라봤다. 서쪽으로 넘어가기 직전 해는 마지막으로 붉은색을 온 세상에 고루 퍼주고 있었다. 바닷물을 붉게 물들였고 하늘도 고루 물들였다.

　능력이나 노력과 상관없이 누구 자식으로 태어났느냐는 것이 일생을 좌우하는 제도는 부당하다고 생각했다. 웃대 살 때 사람들로부터 전해 들은 서학西學에서는 모든 사람이 평등한 세상이 온다는 믿음이 있다는데 정녕 먼 훗날 그런 꿈같은 세상이 찾아올까 확신이 들지 않았다.

　"연이가 돌아오던 날도 지금처럼 따뜻한 봄날이었지. 그게 아마……."

　그는 혼자 중얼거렸다. 벌써 얼마 전인가. 이십 년이 훨씬 더 됐다는 사실이 믿기지 않았다.

돌아온 연이

연이는 몸이 약했다. 어디 한 군데 안 좋은 것이 아니라 모든 곳
이 조금씩 약했다. 특히 폐와 심장이 안 좋은 연이는 뛰어다니며 놀
지 못했다. 날씨가 추워지면 목에서 쌕쌕 쇳소리가 나기도 했다. 연
이는 가만히 앉아 수를 놓거나 조용히 이야기하는 것을 좋아했다.
자기가 지어내서 하는 것인지 누구에게 들은 것인지 모르지만 이
야기를 재미있게 하는 재주가 있었다. 가끔 뒷동산으로 놀러 가기
도 했는데 그럴 때면 꼭 나와 같이 갔다. 나도 태어나서부터 계속
몸이 약했기 때문에 연이의 처지가 남 일 같지 않았다.

그날도 연이와 둘이 집 뒤에 있는 뒷동산에 놀러 갔을 때였다.
연이는 산에 핀 보라색 쑥부쟁이들이 예쁘다고 한참을 들여다보고
감탄했다. 바로 옆에 살모사가 똬리를 틀고 있는 줄 둘 다 짐작도

못 했다. 내가 살모사를 봤을 때에는 이미 도망치기에는 늦었다. 살모사는 연이를 향해 혀를 날름거리고 있다가 순식간에 공격했다. 연이를 밀어 간신히 옆으로 피하게 하자마자 내 오른쪽 팔이 따끔했다. 살모사는 나를 물고는 풀 사이로 사라졌다. 처음에 물렸을 때에는 심하게 아프지 않았다.

"어떡해, 정하야. 너 뱀 물렸잖아."

연이는 소리 내어 울었다.

"아, 괜찮아요. 팔을 묶어야 하는데……."

연이는 얼른 댕기를 풀어 내 팔을 묶었다. 조금 시간이 지나자 팔이 떨어져 나가는 것처럼 쑤셨다.

"걸을 수 있으니까…… 얼른 가요."

식은땀이 줄줄 흐르고 팔이 저렸다. 쓰러지기 직전 연이네 돌쇠를 만나 집으로 업혀 왔다. 연이가 자기 집으로 가자마자 말해 의원이 우리 집으로 와 독을 빼주고 약을 붙여주었다는데 나는 전혀 기억이 없다. 겨울잠 자러 들어가기 직전의 살모사라 독이 많이 올라 있었던지 생명이 위독했던 모양이다. 앓아누운 이틀 동안 연이는 매일 자기 아버지와 함께 우리 집을 다녀갔다고 한다. 한참을 앓다가 눈을 떠보면 동생들과 할머니가 이불 옆에 나란히 앉아 들여다보고 있었다. 연이 집에서 진료비와 약값을 댔고 나는 꼬박 열흘을 앓아누웠다.

"이건 연이 아가씨 댕기인 모양인데. 깨끗이 빨았으니 다시 돌려줘라."

연이의 댕기는 끝내 돌려주지 않았다. 연이가 달라고 하면 주려고 했는데 댕기 얘기는 하지 않았고 나도 잊어버린 듯 말하지 않았다. 내 방 반닫이 깊숙한 곳에 넣어뒀다.

양반집 연이와 스스럼없이 만날 수 있었던 것은 그 사건 때문이었다. 그 뒤로 연이 식구들은 나를 전혀 경계하지 않았다. 둘이 만나도 남들이 의심하지 않았던 것도 따지고 보면 넘을 수 없는 신분의 벽 때문이기도 했다. 감히 중인인 내가 연이와 무슨 일을 벌일 리 없다는 안심 때문에 허용된 달콤한 시간들이었다. 생각해보면 그것보다 더 씁쓸한 일은 없지만 연이를 만날 시간이 주어진다는 사실만으로도 내게는 과분한 축복이었다.

둘 사이 어떤 약속도 하지 못했고 할 수도 없는 사이였다. 그러나 나 혼자만의 설렘이라고 생각하지는 않았다. 구체적으로 설명할 수는 없지만 연이도 나를 특별하게 생각했던 것만은 사실이라고 믿고 있다. 둘 다 속마음을 고백해본 적은 없으니 확인할 길은 없지만.

세상에는 벽이 있으면 허물고 앞으로 나가는 사람도 있고 아예 벽을 바라보지도 않고 돌아가는 사람도 있다. 나도 연이도 벽이 있는 것은 부당하다고, 없어져야 한다고 생각했지만 그 벽을 뛰어넘거나 부숴버리지는 못하는 사람들이었다. 대신에 그저 나는 연이가 평범하고 행복하게 살기를 바랐을 뿐이다. 조금이라도 고통받지 않기를 간절히 기원했다. 행복하게 살면서 가끔 나를 생각해준다면 좋겠다고만 빌었다. 나도 혼인하여 살면서 아무도 모르게 혼자 연이를 생각하고 싶었다. 밤하늘의 별을 소유하지 못한다고 절망하는 사람은 없듯이 내게 연이도 그랬다.

그러나 혼인한 연이에게서는 나쁜 소식만 들려왔다. 남편과의 사이가 원만하지 못하고 시집 식구들도 연이를 힘들게 한다는 소식이었다.

"미인박명이란 말도 있잖여."

사람들은 말끝에 꼭 그 말을 붙였다. 원래 소문이라는 것이 사실보다 부풀려지기도 하고 전혀 없는 사실도 버젓이 사실인 양 떠돌아다니기 마련이어서 나는 믿지 않았다. 믿고 싶지 않았다. 이해할수 없었다. 세상에 누가 연이 같은 사람을 싫어할 수 있단 말인가. 세상이 이렇게 불공평할 수가 있을까. 누구는 심장이 터질 듯 그리워하면서도 바라볼 수조차 없는데 누구는 평생을 곁에 둘 수 있으면서 귀함을 모르고 함부로 하다니. 연이만 생각하면 그 남편이란 작자가 미워 견딜 수가 없었다.

그러던 어느 날 넷째 문하가 놀러 나갔다가 헐레벌떡 뛰어 들어왔다.

"형, 심대감댁으로 연이 아가씨가 돌아온대."

동생이 말했다.

"돌아오다니? 잠깐 친정에 다니러 온 거겠지……."

"사람들이 아예 돌아온다고 하던데?"

가슴이 쿵 내려앉았다.

"지금 가마를 타고 오는데 가마꾼들 표성을 보니 심삭한 것 같대. 쉬쉬하지만 아마도……."

동생은 내 낯빛을 살피더니 입을 다물었다.

연이의 삶이 어땠을까 가슴이 아렸다. 보고 싶은 마음은 굴뚝같지만 차마 가볼 수는 없었다.

"형, 갔다 올게."

동생은 말릴 틈도 없이 쌩 달려 나갔다. 나는 가만히 눈을 감았다. 연이 집은 우리 집을 거쳐 소나무 언덕에 있으니 가마가 우리 집 앞을 지나갈 것이다. 안절부절못하고 안마당을 왔다 갔다 하는데 여러 사람이 떠드는 소리가 들렸다.

'연이다.'

나는 얼른 대문 밖으로 나갔다. 가마가 마침 우리 집 앞을 지나가고 있었다. 뚫어지게 가마를 보고 있었다. 바로 그때였다. 우리 집 대문 앞에서 가마의 문이 살짝 위로 올려졌다.

"아!"

연이의 얼굴은 마치 다른 사람의 얼굴처럼 홀쭉했다. 단순히 야윈 것만 아니라 낯빛이 불길할 정도로 창백했다. 혈색이 전혀 느껴지지 않았다. 가마 안에서 밖을 내다보던 연이의 눈과 내 눈이 정면에서 마주쳤다. 나는 찬찬히 연이를 봤다.

"헉!"

연이의 눈은 이미 생과 사의 경계에 있는 듯, 흔들리는 촛불처럼 위태로워 보였다. 연이는 나와 눈이 마주치고도 눈빛이 조금도 달라지지 않았다. 나는 심장이 터질 것 같은데 연이의 눈은 나를 지나 허공에 머물렀다. 아니 무의식적으로 가마 문을 열었을 뿐 나를 인지하지 못하는 것이 틀림없었다. 잠시 뒤 가마의 문이 스르르 닫혔다.

'우리 집 앞인 줄 알고 열었을까?'

의식이 가물거리는 순간에도 본능적으로 나를 보고 싶다는 마음을 억누를 수 없었을 것이라고 멋대로 상상했다. 나라면 틀림없이 그랬을 테니까. 나도 모르게 몇 걸음 가마를 따라 연이의 집 쪽으로 걸어갔다. 그러다 우뚝 그 자리에 서버렸다. 아무리 노력해도 되돌릴 수 없는 것, 그런 것이 이 세상에는 존재한다는 것을 깨달았다. 내 목숨을 내놓는다 해도 이미 연이의 가냘픈 숨을 이을 수 있는 방법은 없다는 것.

'이게 이생에서의 마지막이구나.'

내 발은 천천히 연이 집으로 향했다. 연이 집 대문 밖에는 마을 사람들이 여럿 모여 수군거리고 있었다.

가마꾼들이 연이의 집 안마당에 가마를 내려놓자 안에서 연이 할아버지 심대감이 댓돌 위에 있던 가죽신을 채 신지도 못하고 허둥지둥 달려 나왔다.

"연이야, 연이야. 이게 대체 누슨 일이냐?"

그 뒤로 버선발로 뛰어나온 연이 부모는 가마에서 나오지도 못하는 연이를 간신히 끌어 내리며 통곡을 했다. 하인이 나와 얼른 연이를 업고 방으로 들어간 뒤 연이 부모는 연이를 따라 들어갔다. 심대감은 소리를 고래고래 지르며 가마꾼들을 향해 욕을 퍼부었다.

"아, 이, 이런 천하에 망할 집구석을 봤나. 이, 이런 나쁜 인종들을 봤나. 아픈 사람 가마 태우면 죽는 것도 몰라? 거기서 여기가 어디라구 가마를 태워 보내? 당장 다시 태워가거라. 생때같은 내 새끼를 치료는 안 해주고 죽을 때 되니까 가마를 태워 보내? 내 이, 이 놈들을 당장 물고를 낼 것이다."

연이 할아버지는 가마꾼들을 때릴 듯 지게 작대기를 휘둘렀다.

"아이구, 대감마님. 저희들은 하라는 대로 한 것뿐입니다. 제발 고정하세요. 아이쿠."

작대기를 내던진 심대감은 그대로 마당에 주저앉아 눈물을 흘렸다. 가마꾼들은 서둘러 가마를 돌리려 했다.

"이놈들, 가지 말고 거기서 기다려라."

할아버지는 얼른 연이가 있는 곳으로 들어가더니 한동안 나오지 않았고 그 안에서 연이 어머니의 통곡 소리가 들려왔다. 가마꾼들은 또 무슨 봉변을 당할까 걱정하며 조바심을 내고 있었다. 도망가고 싶겠지만 발을 동동 구르며 기다리는 수밖에는 없었다. 연이 할아버지는 조금 이따 빨간 상자에 무언가를 담아 들고 나왔다.

"이걸 너희 주인한테 전해라. 내가 전하는 것이라고 말하고."

상자를 전해준 할아버지는 휘청 넘어질 듯 비틀거렸고 하인들이 달려와 부축했다.

"예. 명심하겠습니다요."

가마꾼들은 돌아가라는 말이 떨어지자마자 가마를 덜렁거리며 줄행랑을 쳤다. 수십 리를 가마를 메고 와 밥 한 끼 못 먹고 쫓겨 가는 가마꾼들은 더 이상 욕을 먹지 않고 가는 것도 다행이라고 생각하는지 아무 소리 없이 주막 쪽으로 갔다. 술 한 잔 없이 저녁을 먹고 그대로 쓰러져 하룻밤 잔 뒤 다음 날 새벽같이 일어나 마을을 떠났다는 주모의 말이 마을에 떠돌았다.

나는 밤마다 소나무 언덕에서 연이의 집을 바라봤다.

'연이야, 힘내.'

어둠 속에 가만히 앉아 연이의 집을 바라보고 있노라면 연이는 죽지 않을 것이라는 희망이 생겼다. 사람이 이렇게 쉽게 죽을 리가 없다는 믿음이 생겼다. 새벽이 될 때까지 나는 어둠 속에 앉아 있었다.

연이는 열흘 뒤 죽었다.

"아이고, 심대감댁 연이 아씨가 죽었다는구나."

할머니가 옷고름으로 눈물을 훔치며 이렇게 말했을 때에도 나는 믿지 않았다. 그저 멍하니 머릿속이 하얗게 비어갈 뿐이었다. 반닫이 맨 밑에 넣어둔 명주 댕기를 꺼냈다. 넣어둘 때 그대로 붉디붉은 빛이었다. 코에 대니 연이의 향기가 났다. 댕기 위로 눈물이 툭 떨어졌다. 어디선가 연이가 나를 보고 있을 것만 같아 하염없이 밤하늘의 별을 올려다봤다.

시집간 여자는 시집 선산에 묻혀야 하지만 연이 집에서는 시신을 보내지 않고 심씨네 선산에 묘를 썼다. 신랑이라는 자는 코빼기도 보이지 않는데 신랑의 당숙 되는 이와 육촌이 함께 와서 신랑이 몹시 아파 오지 못했다고 전했다. 하지만 연이네 가족뿐 아니라 마을 사람들 누구도 믿지 않았다. 연이 할아버지가 몸져누워 있지 않았다면 두 사람은 살아 돌아가지 못했을 거라는 말만 했다.

연이 할아버지도 두 달을 넘기지 못하고 세상을 하직했다.

나는 여름 내내 가슴이 뻥 뚫린 듯 허전하고 추웠다. 밥도 먹기 싫고 책도 보기 싫었다.

동이의 수난

좀체 빠지는 적이 없던 동이가 수업에 오지 않았다. 다른 아이들보다 집이 멀지만 언제나 먼저 나와 전날 배운 것을 복습하고 있곤 했던 동이였다. 처음에는 늦는 줄 알고 기다렸지만 수업이 거의 끝날 때까지 모습을 보이지 않자 그는 아이들에게 물었다.

"동이는 왜 안 오느냐? 혹시 아는 사람 없니?"

"모르겠는데요."

"흠."

아이들은 아직도 동이를 따돌리는지 별로 궁금해하지 않는 눈치였다. 그는 몇 번이나 동이가 오는 샛길을 돌아보았지만 끝내 나타나지 않았다.

다음 날도 역시 동이가 나오지 않자 그는 이주에게 동이 집에 다녀오라고 했다.

"무슨 일이 있는지 알아보도록 해라."

"예."

대답은 했지만 이주는 입을 쭉 빼물고 다른 아이들을 툭툭 쳤다. 아마 함께 가자는 투정인 것 같았다.

"그래. 쐐 먼 길이니 함께 갔다 오너라."

동이는 먼 길을 매일 아침 찾아오는데 한 번 가는 것도 미적거리는 녀석들이 어이없어 어서 갔다 오라고 정색을 했다.

다음 날 수업 시작하기 전에 이주는 전날 다녀온 일을 말했다.

"주막에는 아무도 없었어요. 동이도 동이 엄니도 없고 바가지와 상다리가 이렇게, 이렇게 부러진 채 마당 여기저기에 나뒹굴고 있었습니다. 방안에 아이 울음소리도 들리지 않는 걸로 봐서 아마 온 식구가 어딜 갔거나, 흠, 그게 아니라면 뭔지 모르지만 무슨 일이 생긴 것이 틀림없습니다."

이주는 신이 나서 동이 집 상황을 침을 튀기며 말했다.

"허허. 무슨 일인고? 동이 아버지는 없더냐?"

"몇 년 적에 죽은 걸로 알고 있습니다."

"그래? 그럼 동이는 어머니와 둘이 살고 있더냐?"

"아닙니다. 동생이 하나 있다던데요? 사내 동생일 겁니다, 아마. 아직 어린 것 같던데요."

"그래?"

그는 왠지 안 좋은 일이 생겼다는 예감이 들어 자신이 가봐야겠다고 생각했다.

수업이 끝나자 걸어서 백고지로 향했다. 주막은 찾기 쉬웠다. 자그마한 방 두 칸짜리 초가였다. 마당은 깨끗했다. 아이들이 거짓말을 한 것이 아니라면 부러진 상은 이웃 누군가가 치운 모양이었다.

"계시오?"

몇 번을 불러도 나오는 사람이 없었다.

"아무도 안 계시오?"

조금 더 크게 부르자 옆집에서 노파가 담 너머로 고개를 내밀었다.

"주막 오늘 안 합니다."

노파는 말끝을 길게 끌며 말했다.

"밥 먹으러 온 게 아니고 이 집 주인을 좀 만나러 왔소. 어디 갔습니까?"

그는 공손하게 말했다.

"에휴. 어딜 갔겠습니까. 아들이 갇힌 옥에 갔지요."

"아니, 아들이라면 동이 말입니까? 그 애가 왜 옥에 갇혔단 말입니까?"

"뭣 때문이겠습니까. 군역 때문이지요."

"군역이라니. 동이는 이제 겨우 열 살이 넘었는데 무슨 군역입니까? 동이 아버지도 없다고 하던데."

옆집 노인의 대답에 그는 어안이 벙벙하여 입을 다물지 못하고 되물었다.

"저도 모릅니다. 제가 이런 말 했다고 아무에게도 말하지 마십시오."

옆집 노인은 담 너머로 사라졌다. 그의 뇌리에 광흥창 쌀가마가 떠올랐다.

"허어, 이 이런."

그는 집으로 돌아와 저녁을 먹고 일찌감치 잠자리에 들었다.

다음 날 간난 어멈에게 부탁해 아이들에게 자습을 하고 있으라 이르고 아침 일찍 원으로 갔다.

"뭔 일이오?"

정문을 지키던 군졸이 그를 막아섰다.

"나는 늘무늬 사는 홍정하라 하네. 원님을 만나야겠네."

"기다리시오."

잠시 뒤 군졸이 나오더니 눈을 부라리며 말했다.

"원님이 바빠서 만날 수 없다 합니다. 무슨 일인지 모르나 그만 돌아가십시오."

"이보게. 이곳에 백고지 사는 동이란 아이가 옥에 갇혔다는데 죄

목이 뭔가?"

"난 모르오. 그만 가시오."

군졸과 실랑이를 하는데 이방이 나왔다.

"나는 호조 산학청 종 6품 별제를 지낸 홍정하라 하네. 물어볼 말이 있으니 이리 오게."

그가 관직을 말하자 그제야 이방은 얼른 주위를 살피더니 머리를 굽실거리며 따라왔다.

"이곳에 동이란 아이가 갇혔다던데. 그 아이는 내 제자일세. 무슨 일로 잡혀 왔는가?"

"저, 그것이."

"빨리 말하지 못하겠나?"

"군역을 안 내서."

"군역이라니? 그 아이는 아직 군역을 낼 나이가 아닌데. 그리고 내가 알기로 군역을 낼 형도, 아비도 없는데 대체 무슨 군역이란 말인가? 장부를 가져와 내게 보이게."

그는 일부러 근엄한 표정을 지으며 딱딱하게 말했다.

"나리."

이방이 안절부절못했다.

"어허 어서. 장부를 보이기 싫으면 말로 하게. 그 애가 왜 군역을 내야 하나? 내야 한다면 대체 얼마를 내야 하나?"

"장부상으로는 그러니까······."

그때 웬 아낙이 아이를 업고 울며 원에서 나오고 있었다. 동이 어머니인 듯했다.

"이보게. 나는 동이에게 산학을 가르치는 홍정하라 하네."

그가 말을 붙이자 동이 어머니는 눈물을 훔치며 반가워 어쩔 줄 몰라 했다.

"예에? 아이고, 나으리. 자식을 맡기고 이 미련한 것이 찾아뵙지도 못하고 송구하옵니다. 아이고, 나으리, 우리 동이 좀 살려주십시오."

동이 어머니가 울음을 터뜨리자 등에 업은 아이도 함께 울었다.

"그래, 내야 할 군역이 얼마라 하던가?"

"예예. 그것이 동이뿐이면 말도 안 합니다."

"동이 말고 또 있단 말인가?"

"죽은 동이 애비, 그리고 업고 있는 이 애, 심지어 일찍 죽은 둘째까지 군적에 올라 있다고 안 합니까? 아이고, 죽은 사람까지 군역을 내라니요."

"이이, 이런."

그는 이방을 노려보았다.

"아이고, 나으리. 아실 만한 분이 왜 이러십니까?"

"알 만하다니. 대체 무엇을 안단 말인가?"

"저희 지방 관아의 아전들은 녹봉도 없지 않습니까? 알아서 받아 쓰라는 것입죠. 저희들도 식구들이 있는 몸인데 입에 풀칠은 해야 하지 않겠습니까?"

"허허."

"나으리, 사또도 다 아시는 일입니다요."

"그 말은 그렇게 받은 돈이 또 사또에게 들어간다 이 말이렷다?"

"아이고, 나으리. 살려주시오."

"허허, 가정맹어호苛政猛於虎라. 가혹한 정치가 호랑이보다 더 무섭다더니. 이천 년 전 공자님 시대나 지금이나 달라진 것이 없구나."

그는 다리에 힘이 풀리는 듯했다. 대체 이 나라가 어디로 가려고 하는지 암담했다.

"당장 동이를 풀어주게. 아니면 내 가만있지 않겠네."

"예예. 잠시 기다리십시오. 여부가 있겠습니까."

동이를 데리러 간 이방은 좀체 나오지 않았다.

"허어. 왜 이리 안 나오는 건가."

기다리다 못해 그는 안으로 들어갔다. 동이 어머니도 따라 들어갔다. 이번에는 사령이 막지 않았다. 옥 앞으로 간 그는 동이를 보고 얼른 달려갔다.

"동이야."

동이는 걷지를 못했다.

"스승님."

"오냐."

얼마나 맞았는지 다리가 잘못된 모양이었다. 그는 마음속에 불이 붙은 듯 분노가 치밀었다. 동이가 굵은 눈물을 뚝뚝 흘렸다. 수업에 안 나와 걱정이 되어 갔다가 네 사정을 듣고 이리 왔다는 말은 하지 않았다. 동이도 어떻게 알고 왔느냐고 묻지 않았다. 그저 눈물만 흘릴 뿐이었다.

"고맙습니다."

"가자."

그는 그 말만 했다.

'동이는 나왔지만 다른 사람들은 어찌한단 말인가.'

동이 몫까지 더 많은 군포를 내야만 할 것이다. 그는 마음이 몹시 무거웠다. 인간이 인간에게 이렇게 잔혹해도 되는 것인지 의문이었다.

밤이 되어도 그는 잠을 이룰 수가 없었다. 다시 일어나 먹을 갈았다. 종이를 꺼내 편지를 썼다. 겸재에게 쓰는 편지였다. 편지 내용을 보면 겸재 영감은 누구에게 전해야 할지 알 터. 지금 임금이 세자일 때 보위를 맡았던 겸재가 아닌가.

어르신께 문안드립니다.

그동안 어찌 지내시는지요. 저는 시골에서 잘 지내고 있습니다. 아무것도 생각하지 않고 그저 동네 조무래기들과 산학 수업을 하고 있습니다. 처음에는 시간이나 보내려고 했던 일인데 어느 순간부터 그것이 저를 지탱해주는 힘이 되고 있습니다. 이곳에서 해야 할 일도 어렴풋이 정했습니다. 산학책을 써보려고 마음먹고 있습니다. 쓸 수 있을 때 얼른 시작해야 할 듯싶습니다. 다른 것은 모두 만족스러워 부족한 것이 없는데 다만 한 가지, 이곳만의 문제는 아니겠으나 원의 폭정이 심합니다. 더구나 작년은 몹시 추워 얼어 죽은 이들까지 나왔고 올해는 흉년까지 들어 백성들 살기가 어려운데 관아의 횡포까지 겹치니 백성들이 참으로 견디기 어려운 지경입니다. 부디 암행이라도 파견되어 백성들의 고충이 살펴지기를 바랍니다.

청풍계를 그리워하며
여광 올림

막상 편지를 써놓았지만 인편이 마땅치 않아 전하지 못한 채 며칠이 지났다. 옥에 갇혀 몸이 상했을 텐데 동이는 옥에서 나온 며칠 뒤부터 바로 공부를 하러 나왔다. 다리를 절뚝거리며 오느라 다른 때보다 일찍 나섰을 것이다.

수업이 끝났을 때 동이는 다른 아이들이 다 갈 때까지 기다렸다. 그는 동이가 모든 관리들, 나아가서 모든 어른들을 부정적으로 여길까봐 걱정이 되었다.

"동이야. 세상에 탐관오리들만 있는 것은 아니란다. 청백리淸白吏라는 말뜻을 알고 있겠지?"

"예. 청빈한 관리를 말하는 것이 아닙니까?"

"그래. 조선 초기 문신 중에 이약동이라는 분이 있었다. 경상좌도 수군절도사로 임명되어 그동안 근무하던 제주를 떠날 때 평소 착용하던 의복과 물건은 모두 자기 것이 아니라며 그대로 두고 떠났다는구나. 한참 말을 타고 달리다 문득 말채찍을 보고 그 또한 제주 것이라는 사실을 깨닫고 성루에 걸어두었다고 한다. 이 일은 뒷사람들에게 아름다운 모범이 되었으며, 세월이 흘러 채찍이 없어진 후에는 백성들이 바위에 채찍 모양을 새겨 이를 기리고자 하였다고 한다. 그 바위가 바로 괘편암이며, 이 일화는 지금도 제주도민의 입에 오르내리고 있다."

"예에."

"이약동을 태우고 제주도를 떠난 배가 갑자기 풍랑으로 뒤집히려고 했단다. 이약동은 이것이 하늘을 속인 벌일 것이라 여기고 배 안을 살펴보게 시켰지. 그러고는 자신도 모른 채 실려 있는 갑옷을 찾아냈는데 그 갑옷은 부하들이 전별 선물로 몰래 실은 물건이었다지. 말하면 안 받을 것이 뻔하니까 몰래 실었던 것이다. 이약동은 한없이 부끄러움을 느끼며 갑옷을 강물에 던졌는데 그곳이 바로 그 유명한 투갑연이라고 하는 곳이다."

호조판서, 한성부판윤 등을 지내고도 장례비조차 없을 정도로 청렴결백했던 아곡 박수량과 자신이 잘 알고 있었던 호조서리 김수팽과 호조판서 정순홍에 대한 이야기를 하다 보니 저녁때가 다 되었다.

"동이야. 내가 지금 고단한 너를 붙잡고 말이 길어졌구나. 오늘은 너무 늦었으니 우리 집에 가서 자고 가거라."

"아닙니다, 스승님. 어머니가 기다리고 있습니다."

"그래. 말없이 안 들어오면 걱정하겠구나. 그럼 어서 가보거라. 다리도 다쳤는데 조심하고."

"예, 스승님께서 해주시는 말씀을 듣다 보면 제가 그런 분들을 직접 알고 있는 것같이 마음이 뿌듯해집니다."

"그래. 꼭 서로 얼굴을 마주 보고 만나야만 만난 것이냐. 이런 것도 만남이다."

"저어."

"응?"

"저, 스승님은……."

"……."

"스승님은 제 인생의 등불이십니다. 그래서 아무리 깜깜한 밤에도 저는 두렵지 않습니다."

다시 한 번 간신히 절을 하고 동이는 쩔뚝거리며 제집으로 돌아갔다.

"그 말을 들으니 내 기분이 몹시 좋구나."

그는 듣는 사람도 없는데 혼자 중얼거렸다.

집으로 돌아와 저녁을 먹고 잠자리에 들었지만 왠지 잠이 올 것 같지 않아 아예 일어나 앉아 먹을 갈아 붓을 적셨다. 다시 한양으로 올라갈 생각도 없으며 달리 무언가를 하고 싶은 생각도 없었다. 그런데 한 가지 하고 싶은 일이 생겼다.

"정하야, 네가 산학서를 썼으면 좋겠구나."

예전에 아버지가 했던 말을 곰곰이 생각하고 또 생각했다. 책을 쓴다는 것이 만만치 않은 일임을 알고 있었다. 그러나 불가능한 것은 아닐 것이다. 다만 시작할 엄두가 나지 않을 뿐이다. 그는 우선 한양에 있는 동생들과 아들들과 의논하기로 했다. 산학서를 쓴다고 하면 아마 두 아들이 가장 기뻐할 것이다. 아비가 무언가에 열중할 수 있다면 그만큼 자신들로서는 한시름 놓을 수 있을 테니까. 그는 자신의 몸에서 아주 조금씩 기가 모여 작은 실뭉치만 해진 기분이 들었다.

"해보다 안 되면 할 수 없는 일이지."

아무것도 해보고 싶지 않던 것과 비교하면 많이 발전했다고 생각하며 그는 어둠 속에서 혼자 빙그레 웃었다.

역관 시인 홍세태

한양으로 올라와 산학취재를 준비하라는 아버지의 편지를 받은 것은 계미년(1703년) 봄이었다. 연락을 받자마자 나는 짐을 꾸리기 시작했다. 나이 벌써 스물이 되던 해였다. 어서 빨리 산학취재에 응해 산학자가 되어야 했다.

연이가 죽고 나서야 나는 본격적으로 산학 공부를 하기 시작했다. 그 전까지는 철없어 노는 것에만 정신이 팔려 있었다. 아버지가 편지로 공부를 시작하라고 채근했지만 대답만 하고 실천하지는 않았다.

연이가 가고 난 뒤 나는 더 이상 허송세월만 해서는 안 된다는 생각이 들었고 산학 공부와 사서삼경을 공부하기 시작했다. 산학 공부를 처음 할 때에는 재미도 없고 지루하기 짝이 없었으나 어느 순간부터 산학의 맛에 조금씩 빠져들고 있었다.

한양에 가면 연이를 잊을 수 있을 것 같아 빨리 떠나고 싶었다. 할머니 곁을 떠나서 어머니 아버지와 산다는 것이 가슴 설레는 걸 보니 나는 아직 어린 것이 분명했다. 어렵기만 한 아버지하고야 함께 있어도 별 재미는 없겠지만 정이 많고 활달한 성격의 어머니와는 함께 있으면 언제나 그 자체만으로도 행복했다. 산학 문제로 막힐 때도 아버지보다는 어머니한테 물어보는 것이 편했다. 아버지는 어려워서 물어보기가 두려웠다. 뚫어지게 내려다보는 아버지의 시선은 그것도 못하느냐는 힐책으로 느껴져 어깨가 움츠러들고는 했다. 산학 문제를 물어보면 어머니는 답을 알려주는 것이 아니라 이리저리 해결할 방법을 돌려 말했다. 그리고 문제를 해결하고 나면 꼭 칭찬을 하며 꿈을 꾸듯 몽롱하게 말했다.

"어렸을 때 네 외할아버지께서 외삼촌들하고 같이 나한테도 산학 공부를 시키셨다."

나는 어머니로부터 외가 이야기를 듣는 것이 좋았다. 몇 번이나 들어서 이제는 다 외우고 있는 일도 처음 듣는 것처럼 귀를 기울이고 들었다.

"어느 날 막내 외삼촌이 누나는 여잔데 뭐 하러 가르치느냐고 한 적이 있었지. 그때 외할아버지는 한동안 대답을 안 하시더니 가만히 나를 내려다보며 '그러지 않아도 쟤가 딸이라 아까워 죽겠다.'

하셨지. 그것이 아버지가 내게 한 가장 큰 칭찬이었단다. 그 말을 듣는 나도 분한 마음이 들어 눈물이 나올 뻔했지."

그러면서 어머니는 자신의 큰할아버지 여휴 경선징의 책『상명수결詳明數訣』과『묵사집산법默思集算法』을 몇 번이고 풀어보라고 했다. 어머니는 외할아버지나 경선징 할아버지 이야기를 할 때마다 눈이 빛났다.

"한양으로 올라오라는 아버지 전갈이 왔어요. 준비해서 가봐야겠습니다, 할머니."

할머니는 서운한 기색을 감추지 못했다.

"그래. 니가 우리 집안 장손이니까 잘 공부해야 한다. 엄니 아부지 말 잘 듣고 작은아부지들도 자주 찾아보고."

"네, 할머니."

"그래. 니는 할매 떠나 엄니한테 가니까 좋으냐?"

"아휴, 할머니는. 제가 뭐 앤가요? 좋긴 뭐가 좋아요?"

"거짓말 마라. 니 얼굴이 좋아 죽겠다고 써 있다."

할머니는 못내 아쉬운지 옷고름으로 눈물까지 찍어냈다. 나에 대한 할머니의 사랑은 따라올 사람이 없을 것이다. 생전의 할아버지는 무뚝뚝하고 잔정이 없는 편이었고 아버지는 멀리 떨어져 있어 몇 년에 한 번 보기도 어려우니까 나를 남편 겸 아들 겸 손주로 생각하는 것 같다. 하지만 연이가 죽고 난 뒤로 많이 침울해진 나는 자상하게 할머니와 말하는 적이 거의 없었다.

내가 가끔 창을 하면 즐거워하던 할머니.

"어릴 때는 자상하고 따불따불 말도 잘 하더니만 자라니까 무뚝뚝한 게 똑 지 할아버지, 애비구나."

"할머니. 가서 편지 할게요."

"핀지 하믄 뭐하나. 까막눈인데. 내가 뭐 한문을 아나 언문을 아나."

"제하한테 읽어드리라고 말해놓을게요."

제하, 우하, 문하에게도 인사를 하고 길을 나섰다. 다섯째 득하와 여동생 오목이는 어머니 아버지와 같이 한양에서 살고 있으니 이번에 가면 만나겠지만 여기서 함께 산 제하, 우하, 문하만큼 애틋할까 싶었다. 넷째 문하는 자꾸만 주먹으로 눈물을 훔쳤다. 한양에 막내가 있지만 이곳 남양에서는 여지껏 문하가 막내노릇을 했다. 자신도 그렇고 남들도 다 막둥이 취급을 해서 그런지 눈물이 많고 애기 같았다.

"울지 마라, 문하야."

"으앙."

그 말이 떨어지자 문하는 입을 벌리고 크게 울었고 셋째 우하가 그만 그치라고 문하 옆구리를 쿡쿡 찔렀다.

새벽밥을 먹고 나와 부지런히 걸어 비봉을 지나 야목 들판에서 할머니가 싸준 주먹밥을 먹고 반월을 지나 군포에 도착하자 밤이 깊어 더 이상은 걸을 수가 없었다. 주막에서 저녁을 사 먹고 하룻밤 자고 난 뒤 다시 걸어 안양을 지나 과천에서 다시 하룻밤을 묵었다. 아침을 먹고 출발해 점심이 훌쩍 지나니 멀리 한양이 보였다. 물어물어 경복궁을 찾아 서촌으로 갔다. 몇 사람에게 호조 산학자 홍재원의 집을 물어보자 꼬불꼬불한 골목길 한쪽에 있는 집을 가리켰다. 집 앞으로 가 크게 한숨을 쉰 뒤 삽작문을 열며 어머니를 불렀다.

"정하냐?"

방문이 열리고 어머니와 아버지, 그리고 득하가 나왔다. 득하는 오랜만에 본 형이 어색한지 얼른 애기를 안고 있는 어머니 치마꼬리를 잡고 숨었다. 막내 오목이도 낯을 가리는지 울음을 빽 터뜨리며 어머니 품에 고개를 처박았다. 얼굴이 뽀얗고 이목구비가 오목조목 이쁘다고 오목이라 지었다고 아버지가 편지를 보냈지만 얼굴을 본 것은 처음이었다. 처음 보는 오목이는 우는 얼굴도 귀여웠다. 아들만 다섯을 낳고 얻은 딸이라 그런지 어머니 아버지는 오목이를 유난히 귀애했다.

"어머니, 아버지. 그동안 평안하셨습니까?"

내가 마당에서 절을 하려 하자 어머니가 얼른 팔을 잡아끌고 방으로 들어갔다. 방에 들어가 큰절을 하고 앉자 어머니는 나를 훑어보며 말했다.

"얼른 밥 차려줄게. 집에서 어제 떠났니? 할머니 평안하시지? 큰손주라면 자다가도 벌떡 일어나시는 분이 얼마나 허전해하실까? 동생들도 잘 있지? 아이고, 득하야, 애가 왜 이리 치마꼬리를 잡고 이러나. 형한테 인사나 제대로 하지."

"예. 할머니도 평안하십니다. 동생들도 잘 있고요. 득하야, 큰형이야. 이리 와봐."

득하는 얼굴까지 빨개져서 숨어버렸다. 밥을 먹는 나를 보며 어머니는 약간 아쉽다는 듯 아버지를 힐끗 보더니 말했다.

"키가 많이 안 컸네?"

아버지를 닮아 나는 키가 작은 편이다.

"흠. 키만 멀대같이 크면 뭐하겠소, 속이 들어야지."

"그래도……."

"부인은 작은 고추가 맵다는 말도 모르시오?"

"아, 예예."

어머니는 나를 보고 눈짓을 하며 웃었다. 나는 그런 어머니 아버지가 좋았다. 어릴 적 본 할머니 할아버지도 그렇고 늘무늬의 다른 집 부모들도 부부 간에 서로 말도 안 하고 다정하게 바라보지도 않았다. 그런데 어머니와 아버지는 이런저런 일을 의논도 잘하고 농담도 자주 주고받았다. 나는 어려서부터 떨어져 살아서 그런지 아버지가 어려운데 어머니는 전혀 그렇지 않은 모양이었다. 좀 심하다 싶은 말도 아버지한테 툭툭 잘 했고 조마조마한 내 마음과 달리 아버지도 별 타박을 하지 않았다.

밥을 다 먹자 아버지는 얼른 푹 자고 내일 하루 더 쉰 뒤 모레 산학청에 등록하러 가자고 했다.

"열심히 공부해서 삼 년 안에 산학취재에 붙도록 해라."

"네."

다음 날 아버지가 호조로 출근한 뒤 득하를 데리고 동네 지리도 익힐 겸 마을 구경을 하러 나갔다. 전날 저녁에 왔을 때는 몰랐는데 마을은 몹시 꼬불꼬불한 골목길이 산 중간까지 이어져 있었다. 마을 뒤로는 바위가 많은 멋진 산이 있었다. 인왕산인 모양이었다. 마을 골목길을 한참 올라가니 더 이상 집은 없고 계곡이 나왔다. 나무들이 제법 울창했고 계곡으로는 맑고 깨끗한 물이 콸콸 쏟아져 내렸다. 어젯밤에는 그렇게 낯을 가리던 득하가 하룻밤 자는 사이 형이라는 걸 기억해냈는지 손을 꼭 잡고 힘들단 말도 없이 잘 따라왔다. 계곡물에 발을 담그니 온몸이 쩌릿쩌릿 한기가 들어 못 참고 금방 발을 뺄 수밖에 없었다.

그날 저녁 집에 돌아온 아버지는 저녁을 먹은 뒤 나에게 따라오라는 말을 하고 마루에 있던 쌀자루를 짊어지고 집을 나섰다. 득하도 따라가고 싶다고 칭얼거렸지만 어머니의 호통 한 방으로 입이 댓 발은 나와 주먹으로 눈물을 훔치며 방으로 들어갔다. 나는 얼른 아버지 어깨에 있는 쌀자루를 빼앗아 짊어졌다. 아버지는 지나는 길에 보이는 술집에 들어가 술 한 병을 받아들고 계속 산꼭대기로 올라갔다. 아버지가 술을 산다는 것이 의아했다.

"이상하냐? 삼 년 전 임금이 금연, 금주령을 내렸지. 처음에는 단속도 심하게 했지만 지금은 어느 정도 술을 마셔도 묵인하는 분위기구나. 나야 원래 술을 안 마시지만 오늘 찾아가는 이분은 술을 아주 아주 좋아한다. 그래서 한 병 사가는 것이다."

"예에."

백악산* 쪽으로 한참을 올라가자 초가삼간이 나왔는데 아버지는 집 앞으로 다가갔다. 언뜻 보기에도 넉넉해 보이지 않았는데 대문 위에 걸린 편액의 '유하정柳下亭'이라는 글자만은 조선 최고 명필의 글씨처럼 획이 살아 보였다.

"유하, 유하. 집에 있는가?"

"누구요?"

방문이 열리고 아버지 또래의 남자와 부인이 고개를 내밀었다.

"이게 누군가? 산학청 홍교수 아닌가? 어서 들어오게."

누추한 방안에는 갓난아이와 서너 살쯤 먹은 여자아이가 있었

---

* 북악산의 옛이름

다. 아버지 친구의 딸인 모양이었다. 유하 홍세태는 머리가 온통 하얗게 세고 수염도 하얀 몹시 마른 사내였는데 볼이 붉어 신선처럼 보였다. 방안이 휑한 걸로 보아 형편이 어려운 것 같았다. 쌀을 받아드는 홍세태 부인 얼굴이 환해졌고 서너 살쯤 된 여자아이도 그게 뭔지 아는지 반색을 하는 걸로 보아 끼니도 잇기 힘든 것 같았다. 정작 집주인도 아버지도 쌀 이야기는 한 마디도 하지 않았다.

"자네 큰아들인가? 어이쿠 자알 생겼네그려. 거 누굴 닮아 저리 잘 생겼나?"

"누군 누군가. 내 아들이니 날 닮았겠지. 얼굴뿐 아니라 키까지 닮아 문제지. 지 에미는 작다고 성화라네."

"복에 겨워 배부른 소릴세."

집주인이 땅이 꺼져라 한숨을 쉬자 아버지는 당황한 듯 얼른 다른 말로 화제를 돌렸다. 아버지는 친구를 만나더니 농담도 잘했다. 두 사람은 즐거워 보였으나 나는 아버지와 홍세태 어른 앞에 앉아 있는 것이 낯설고 불편하기만 했다.

"정하야, 이분이 어떤 분인 줄 아니? 역관譯官* 홍세태 어른이다. 조선에서보다 청나라와 일본에서 더 유명한 시인이지."

"이 사람, 부끄럽네. 사람 앞에 놓고 무슨 짓인가."

* 조선시대, 통역·번역 등 역학(譯學)에 관한 업무를 담당했던 관리

홍세태는 두 손을 내저으며 쑥스러워했다.

"내가 뭐 없는 말 했나? 우리와 본도 같은 남양홍씨니 아저씨라 부르거라."

"처음 뵙습니다. 저는 정하라고 하옵니다."

일어나 절을 하자 홍세태는 고개를 끄덕이며 나를 자세히 봤다.

"아 참. 올해 몇이라고 했지?"

"스물입니다."

"그래? 음. 너와 동갑내기 친구가 있는데 소개해줘야겠구나. 그 애는 역과譯科 시험을 준비하고 있지. 그런데 이 녀석이 역과보다 산학에 더 관심이 많지 뭔가. 여기저기서 산학책을 빌려다가는 밤새워 베낀 뒤 늘 풀어보고 난리더구만. 내가 아는 역관 아들일세만. 너희 둘이 벗이 되면 좋겠구나. 다음에 소개해주마."

"고맙습니다."

"이분이 통신사를 따라 일본에 갔을 때 일본 사람들이 비단을 가지고 와서 줄을 서서 시와 그림을 받아갔단다. 이십 년이 지난 지금도 일본 사람들은 홍세태 안부를 묻는다지 아마."

"아, 이 사람 그만하고 저, 저 가져온 게 뭔가. 술 아닌가? 술이나 한 잔 하세."

"그럼 우리 장남이 한양에 온 기념으로 시 한 수 읊어주게."

"그러지. 뭐 어렵겠나?

聞雁 (문안)

春日江南雁 (춘일강남안)

連行亦北飛 (연행역북비)

來時見吾弟 (내시견오제)

何事不同歸 (하사부동귀)

정하야. 네가 한 번 뜻을 이야기해 보아라.”

“예. 기러기 소리를 듣고. 봄날 강남 기러기, 떼 지어 또 북으로 날아간다. 올 때 내 아우를 보았을 텐데 어찌 함께 오지 않았는가.”

“옳거니. 잘했다. 내가 역과 시험 준비하는 그 애 말고도 또 꼭 소개해주고 싶은 사람들이 있다. 나중에 우리 시사에 꼭 놀러 오너라. 웃대 사는 중인들끼리 봄, 여름, 가을, 겨울 청풍계에서 시사회를 한단다. 봄에는 산벚꽃 구경, 여름에는 계곡물 구경, 가을에는 단풍 구경, 겨울에는 추우니 겸재 어른댁이나 김수항 어른 댁을 빌려 하지.”

“예.”

이런저런 이야기를 하는 사이 밤이 되었다.

“내일 산학청에 가야 하니 우리는 이만 가보겠네.”

“아니, 산학청에는 뭐 하러 보내는가. 자네가 집에서 살살 가르

82

치면 될 것을. 복습이야 자네 처가 하면 될 것 아닌가? 실력이 상당한 것 같은데 말일세."

홍세태는 정색을 하고 말했다.

"허허. 제 자식을 갑갑하여 어찌 가르친단 말인가. 빨리 빨리 대답 못 하면 소리 먼저 지를 것 같으니 말일세. 내 자식은 다른 이가 가르치고 나는 또 다른 이 자식을 가르쳐야지. 안 그런가?"

아버지가 껄껄 웃으며 말했다.

"그것도 맞는 말일세. 아참, 잠깐 기다리게. 자네가 지난번에 부탁한 책을 빌려왔네. 최석정 어른의 산학책 말일세."

홍세태의 말에 아버지의 얼굴이 환해졌다.

"그래? 아이고, 귀한 걸 어찌 구했는가?"

"겸재를 통해 빌렸네. 보름 말미를 얻어 왔으니 그 전에 얼른 베끼고 돌려주게. 여기 있네."

"고마우이. 내 얼른 베끼고 곧 가져다줌세."

"어두운데 살펴 가게."

대문 밖까지 따라 나온 홍세태는 한참 가다가 돌아볼 때까지 대문 앞에 서 있었다. 아버지는 어서 들어가라고 손짓을 하고 홍세태는 또 홍세태대로 조심해서 가라고 손짓을 했다.

"아까운 사람이다. 어머니가 종이라 중인 중에서도 차별을 받고 있지. 다섯 살에 글을 줄줄 읽은 수재였고 문장이 뛰어나고 사람들을 모이게 하는 능력도 뛰어나지만 조선에서는 빛을 보지 못하니."

유하정을 돌아보니 홍세태는 그때까지 서 있었다. 나는 깊숙이 고개를 숙여 인사를 했다.

"천리마에게 소금수레를 끌게 하는 게 지금 조선의 현실이다."

아버지도 이렇게 말하며 돌아보더니 홍세태를 향해 얼른 들어가라고 손짓을 했다.

"자식 팔남매를 잃은 불운한 사람이야. 늦게 딸 둘을 뒀는데 큰딸도 몸이 약하다고 걱정을 하니 원."

사방이 깜깜한데 하늘에는 별이 총총 떴고 반달이 빛나고 있었다. 산에서 들려오는 온갖 풀벌레 소리와 시원한 바람은 마음속까지 상쾌하게 했다.

"참 아버님, 아까 그 책이 무엇입니까?"

"응? 아, 영의정이신 최석정이라는 어른이 쓴 『구수략九數略』이다."

"사대부가 산학책을 쓰셨다는 말씀입니까? 책을 쓸 정도면 대단한 산학 지식이 있어야 할 텐데요."

"그래. 사대부 중에서도 산학에 관심이 있는 분들이 더러 있지. 우리 입장에서야 고맙지. 최석정 어른이야말로 명재상 최명길 대감의 손자로 조선의 전형적인 귀족 학자이자 정치가란다. 그분들은 중국 책들도 우리보다야 훨씬 자유롭게 구입할 수 있고 여러 통로를 통해 정보를 얻을 수 있으니 보다 넓은 시야로 산학을 볼 수 있겠지. 두 해 전에 갑·을·병·정 4권 2책으로 내셨는데 나도 어렵게 구하여 베껴 놓았었는데 그중 뒷권을 분실했구나. 이제 겨우 다시 빌렸으니 얼른 베끼고 돌려주어야 한다. 산학청에서 돌아오면 네가 부지런히 베끼도록 해라."

"예."

한참 산비탈을 내려오도록 침묵하던 아버지가 문득 나를 바라보며 말했다.

"나는 나중에…… 네가 산학책을 썼으면 한다."

"예?"

나는 뜬금없는 아버지의 말에 어리둥절했다.

"우리 집안 전체가 산학을 하고 있지 않니? 외가 친가 사촌 육촌 모두 도와줄 수 있으니 네가 중심이 되어 산학책을 쓰면 어떻겠니?"

"제가요? 책을 쓰는 일이 어디 보통일입니까?"

"그야 그렇지. 그렇지만 가깝게는 네 외가 큰할아버지인 경선징 어른도 산학책을 쓰시지 않았느냐?"

"그렇기는 하지만. 제가 어찌 감히 종조할아버지와 견주어 비교가 되겠습니까."

"꼭 못 쓸 것도 없다. 지금은 누가 알아주지도 않는 학문이다만 산학의 중요성을 알아줄 때도 반드시 올 것이다."

"……"

"변하지 않는 세상이 있다더냐? 청나라를 다녀온 유학자들도 사상이 많이 변해가고 있다고 하더구나. 내 생각에 산학은 이 세상 모든 것의 근본이다."

"예."

"거창한 이유가 아니더라도 우리 집안 아이들의 교육을 위해서도 산학 공부를 할 수 있는 책이 필요하지 않겠니? 도와줄 사람도 많으니 장남인 네가 중심이 되어 해본다면 불가능하지만은 않을 듯싶구나."

"예."

책을 쓴다는 것은 결코 쉬운 일이 아니다. 그러나 아버지 말대로 집안사람들의 지식을 모은다면 불가능하지만은 않을 것이다. 아버지가 나를 믿고 있다는 것도 마음이 뭉클했다. 집에 오면서 생각할수록 아버지는 어렵지만 늘 든든했다. 내가 아버지와 이렇게 많은 말을 주고받은 것은 태어나 처음이었다.

시작하다

산학 수업을 마치고 바닷가를 조금 거닐다 집에 들어가자 누군가 마루에 앉아 기다리다 일어나 고개를 숙였다.

"뉘시오?"

"예. 서울 청계에 사는 홍제하란 분이 서찰을 전했습니다. 여기."

첫째 동생이 인편에 편지를 보낸 모양이었다.

"아, 고맙소. 저녁은 드셨소?"

"아닙니다. 저는 저기 버들무지 정진사 댁으로 심부름을 가는 길입니다. 서찰만 전해주고 가려고 기다렸습니다."

"아이구, 이렇게 고마울 데가."

"그럼 저는 가보겠습니다."

대문 밖까지 배웅을 하고 들어와 얼른 제하가 보낸 서찰을 뜯어봤다. 혼자 사는 형에 대한 안타까움을 나타내는 마음이 절절하게 드러난 인사가 편지의 반을 차지하고 있었다. 그리고 그 밑으로 그가 지난번에 보낸 편지에 대한 답이 있었다.

형님께서 산학 교재를 만드신다는 것에 저희 동생들은 적극 찬성입니다. 뼛속까지 산학자인 우리 집안 아닙니까? 조카들과 제 아이들에게도 모두 이야기를 해놓았습니다. 형님 정도의 실력이라면 혼자서도 쓰실 수 있을 테고 저희들 수준이야 형님 하는 작업에 폐를 끼칠까 두려운 수준이지만 말씀대로 오류 없이 후대에까지 전하려면 집안 모두 참여하여 실수를 최대한 줄이는 것이 마땅하다고 생각합니다. 오형제 모두 산학취재에 합격한 집안이 조선 팔도에 우리 말고 또 있기나 한가요. 다만 염려되는 것은 형님의 건강입니다. 아무리 밥어멈이 있다지만 형수님도 없이 혼자서 생활하실 형님을 생각하면 죄송스러워 따뜻한 밥이 목에 넘어가질 않습니다. 저도 이러니 이조, 이복이 형제는 어떻겠습니까? 형님, 부디 부디 몸조심하십시오.

제하의 편지를 읽으며 그는 같은 형제라도 어찌 이리 성격이 다를까 피식 웃음이 나왔다. 육남매 중에 첫째인 그와 막내 여동생만 아버지를 닮아 몸도 약하고 신경도 예민했다. 나머지 형제들은 모두 어머니를 닮았다. 성격도 그렇고 생김새도 그랬다.

바로 밑 동생인 제하는 죽은 아내에게 남편인 자신보다 더 살갑게 대했다. 아내도 그보다 시동생인 제하를 더 편하게 대하기도 했다. 집안 행사 때에도 큰일은 남편인 그와 상의했지만 세세한 내용은 제하와 의논하기도 했다. 지나고 생각해보니 아무래도 아내는 시동생보다는 자신과 요모조모 상의하여 집안일을 결정하고 싶었을 것이다. 아무리 다정한 시동생이라 해도 남편과는 천지차이인 것을.

'정녕 아내는 서운해하지 않았을라나.'

아내 생각이 났다. 축재에 관심도 재능도 없는 산학자에게 시집와 고생만 한 아내에게 따뜻한 말 한마디 건네지 않았던 자신의 성정이 후회스러웠다. 살아 있을 때에는 청맹과니처럼 보이지 않던 것들이 누가 일러주지 않아도 이제는 환하게 보였다.

산학취재에 붙어 산학청에 근무한 지 십사 년 만에 그는 산학교수가 되었다. 보통 이십 년이 족히 걸리는 과정이었다. 그는 남들보다 훨씬 빨리 교수가 됐다. 좀체 감정을 드러내지 않는 아내도 그날만큼은 환하게 웃었다.

그해 겨울은 몹시 추웠다. 아내는 솜 중치막*을 지어주었다. 목

---

* 임금에서 상민까지 입었던 겉옷으로 겨드랑이부터 옆구리가 트여 있다.

화솜을 일일이 펴서 넣고 솜이 밀리지 않게 한 땀 한 땀 고루 누벼 만든 알맞게 두툼한 중치막이었다. 아침에 출청하는 그에게 중치막을 입혀주며 아내는 뿌듯한 낯빛으로 웃었다.

며칠 뒤 저녁, 산학청에서 집으로 오는 길에 경복궁터를 지나 누하동 쪽으로 들어섰을 때였다. 한 여자가 갓난아이를 안고 덜덜 떨며 구걸을 하고 있었다. 입은 옷이 얼마나 부실한지 벌건 속살이 다 보일 지경이었다. 그래도 아이는 얼어 죽지 않게 하려고 꽁꽁 싸맨 채 꼭 껴안고 있었다.

'이런 흉년에 적선할 사람이 얼마나 있을까.'

여자 앞에는 곡식도 돈도 없었다. 주머니를 뒤져 엽전을 찾아 건네주었다.

"고맙습니다. 나으리. 고맙습니다."

여자는 고개가 땅에 닿도록 인사를 했다. 그는 문득 중치막을 내려다봤다. 그는 잠시 머뭇거리다 그대로 집을 향해 걷기 시작했다. 몇 걸음 걸어오다 도저히 발이 떨어지지 않아 그 자리에 멈춰 섰다. 다시 돌아가 앞에 서자 여자는 무슨 일인가 싶어 그를 쳐다봤다.

'이제라도 그냥 돌아서서 갈까?'

괜한 짓을 하는 것은 아닌가 망설였다.

그는 말없이 겉옷을 벗어 건넸다. 여자는 놀라 눈을 동그랗게 뜨고 주변을 두리번거렸다.

"어째서…… 이것을?"

"아이도 태어난 지 얼마 안 된 것 같은데 그대로 한데서 밤을 새우다가는 얼어 죽고 말겠네. 이걸로 아이를 감싸고 국밥집에 가서 저녁이라도 먹고 일하며 지낼 생각을 하게."

"……"

말을 못 하고 눈물만 흘리는 여자를 두고 서둘러 집으로 향했다. 중치막을 남에게 준다고 그가 죽지는 않을 것이다. 그러나 여자와 아이는 어쩌면 오늘밤을 무사히 넘기지 못할 수도 있다는 생각이 들었다. 집에 도착하니 아내가 눈이 둥그레져서 그의 위아래를 살펴봤다.

"겉옷은 어쩌고 추위에 떨며 들어오십니까?"

사실대로 말하기는 멋쩍었다. 옷을 벗어줄 때는 여자와 아이를 그대로 뒀다가는 큰일날 것 같아 선뜻 내어줬지만 옷을 장만하느라 꽤 오래 전전긍긍했을 아내의 얼굴을 보자 사실대로 말하기가 미안했다.

"저, 사실은 그것이."

말을 하지 못하는 그를 본 아내는 짐작을 한 모양이지만 그래도 믿기지 않는다는 낯빛으로 잠시 머뭇거리다 작은 목소리로 말했다.

"날이 몹시 추우니 어서 들어가세요."

저녁상을 들여와 밥을 먹는 동안에도 아내는 아무 말도 하지 않았다. 전에도 서너 차례 옷을 벗어주고 온 적이 있어 아내는 사태를 파악한 듯했고 더 이상 묻지 않았다. 그렇지만 다른 때와는 달리 서운해하는 기색이 역력했다. 그럴수록 아내의 마음을 풀어줄 말이 생각나지 않았고 방안 공기는 더 어색해져 갔다. 침묵이 흘렀고 다른 날보다 일찍 잠자리에 들고 말았다. 아내가 나직이 한숨을 쉬는 소리가 그의 귀에는 천둥소리처럼 크게 들렸다. 아내가 잔소리를 하거나 화를 내는 성격이었다면 그도 변명을 하거나 달래주었을 것이다. 그렇지만 아내는 평생 화를 내는 적도 불평불만을 말하는 적도 없었다. 장인 이극준이 지극히 사랑하던 막내딸인 아내는 말수가 적고 얌전하며 자신의 감정을 도통 표현하지 않고 사는 여자였다.

어머니와 아버지를 보고 자란 그가 왜 자신의 부모처럼 다정하게 살지 못했을까 생각해본다. 어머니는 참고 눈물짓는 성격이 아니었다. 아버지가 무슨 일을 잘못했을 때에는 따지고 화를 내는 경우도 많았다. 아버지가 늘 어머니에게 져주어 집안이 화목하기도 했지만 만약 안 그랬다면 어머니 성격에 가만있지 않았을 것이다. 아내와 그는 성격이 너무 비슷해서 오히려 둘 다 친밀한 관계를 맺기가 힘들었을지도 모른다. 남들은 그들 부부가 싸움 한 번 안 하는 금실 좋은 부부라고 말했지만 그는 늘 아내와 소통이 되지 않는 느낌을 지울 수가 없었다.

요즘 들어 가장 자주 생각나는 일이 그날의 일이다. 몹쓸 짓을 한 것은 아니지만 아내가 느꼈을 서운한 마음이 새삼스레 그의 마음을 저리게 했다. 그렇게 했다고 갓난아이와 추위에 떨던 여자의 삶이 조금이라도 달라졌을까? 자신의 선행이 여자에게 살아갈 수 있는 작은 불씨라도 되었다면 다행이지만 그것은 알 수 없는 일이다.

마루에 앉아 생각을 하다 보니 그보다 훨씬 전의 일도 떠올랐다. 아내와 혼인을 결정하고 난 뒤 그는 연이의 붉은 댕기를 청계천 수표교 밑 개울물에 띄워 보냈다. 그때까지 고이 간직했던 댕기였지만 혼인하면서도 간직하고 있는 것은 아내에 대한 예가 아니라 생각했다. 그것으로 미안한 마음도 함께 띄워 보냈다.

혼인을 해서는 단 한 번도 다른 여자에게 한눈을 팔지 않았고 술을 지나치게 마시거나 노름을 한 적도 없었다. 그런데도 못 해준 것만 기억에 남아 오래도록 그를 괴롭혔다. 큰 잘못보다 사소한 잘못들이 더 오래 기억되었고 사무치게 미안했다.

아들 둘이 꽤 큰 뒤 딸 하나를 잃고 얻은 막내 소이는 아내와 그를 이어주는 끈이었다. 소이만 있으면 어색하지 않았고 별달리 소통에 신경을 쓰지 않아도 됐다. 말을 배우던 소이가 고열에 시달리며 된통 앓고 난 뒤 듣지 못했다. 듣지 못해도 몇 마디 단어는 내뱉던 소이는 차츰 발음이 이상해지더니 점점 말을 잃어갔다. 그의 아내는 크게 상심했고 시간이 지날수록 심하게 자책하는 것이 눈에 보였다. 자신의 잘못 때문에 장애를 갖게 된 것이 아닐까 아내가 고민하고 있다는 것을 느끼면서도 그는 따뜻한 위로의 말 한 마디 하지 못했다. 아내 편에서 딱히 그렇게 말하지 않는데 앞질러 당신 잘못이 아니라고 하기도 적절치 않아 그냥저냥 살다 보니 끝내 아무 말도 하지 못하고 그날을 맞이하게 된 것이다.

'당신 잘못도 아니고 나의 잘못도 아니고 그냥 우리에게 그런 아이가 온 것뿐이라고, 그래도 저렇게 사랑스럽지 않냐고 웃으며 말해줄 것을.'

지금 눈앞에 아내가 있다면 천 번이고 만 번이고 되풀이할 수 있건만 그때는 왜 그리도 인색했던가. 아내는 소이의 장애가 자신 때문이라 생각해 남편인 그에게 서운한 것이 있어도 절대 말하지 않았을 것이다. 그렇게 생각하자 그는 아내가 가여워 가슴이 미어질 것 같았다.

"저녁 다 지었습니다. 상 가지고 올까요?"

얼른 자기 집으로 가고 싶은 간난 어멈이 조급한 목소리로 물어왔다. 밥맛은 없지만 얼른 방으로 들이라 했다.

"상은 부엌에 내다 놓을 테니 설거지는 내일 와서 아침 지으면서하게."

"네. 알겠습니다."

젖먹이가 있는 간난 어멈은 인사를 하고 종종걸음으로 대문을 빠져나갔다.

처음 이곳에 와서 간난 어멈이 퍼놓은 밥주발을 보고 놀라 기함을 할 뻔했다. 밥주발 높이보다 더 높게 위로 쌓아올린 고봉밥을 보고 입을 벌리자 간난 어멈은 왜 그러냐고 어리둥절했다. 그릇을 가져오라 해서 조금만 덜고 나머지는 집에 가지고 가서 먹으라고 하자 간난 어멈은 혹시 자신이 무슨 잘못을 했는가 싶은지 눈이 휘둥그레졌다.

"나는 원래 밥을 조금밖에 못 먹네. 깨끗하게 덜었으니 가져다 아이들 먹이게."

몇 번이나 말하자 그제야 고맙다며 밥을 가지고 집으로 갔다. 간난 어멈은 밥과 빨래를 해주고 곡식을 얻어가니 이만한 일자리도 없을 터였다. 하나라도 먹을 만한 반찬을 마련하느라 애를 쓰는 것이 눈에 보였다. 그의 인상을 보고 깐깐하겠다고 생각했던지 처음에는 밥을 남기면 안절부절못했다. 반찬이 입에 안 맞아 밥을 남긴 것은 아닌지 노심초사했다. 혹여 마음에 안 들어 일자리를 잃게 될까봐 걱정하더니 시간이 지날수록 생긴 것과 달리 까다롭게 굴지 않는 그에게 적응해갔다. 원래 입이 짧은 줄 알게 되자 한 끼를 거르겠다고 해도 이제는 심상하게 그러라고 했다.

그는 밥을 뜨는 대신 붓을 들어 산학 문제 하나를 적었다. 며칠이나 걸려 간신히 만든 문제인데 잊어버리기 전에 기록해놓았다.

갑과 을 두 사람이 있다. 갑이 을에게 말하기를 네가 너의 나이에서 8세를 나에게 주면 나의 나이는 너의 나이만큼 많다. 즉 네 나이의 두 배가 된다고 했다. 을이 갑에게 말하기를 네가 너의 나이에서 8세를 나에게 주면 너와 나는 나이가 같다고 했다. 이 둘의 나이는 각각 얼마인가?

이 문제는 수의 독특한 성질을 이용한 문제이다. 수에 대한 감각이 없는 사람은 풀기 어려울 듯하여 나중에 산학책을 쓸 때 넣을지 말지 결정해야겠다고 생각했다. 문제를 적는 동안 밥이 식었지만 마음은 한결 가벼워졌다.

"산학 문제를 만들고 풀 때 이리 기쁜 걸 보니 제하의 말대로 정말 뼛속까지 산학자의 피가 흐르고 있는 것이 틀림없구나."

혼잣말을 하며 그는 밥상을 잡아당겨 조와 보리가 섞인 밥을 한 숟갈 떠 넣었다.

"가만있자, 대충 보자면 조가 약반*, 보리가 소반, 그럼 쌀이 중반에서 얼마나 모자라나?"

---

* 중반은 $1/2$, 소반은 $1/3$, 태반은 $2/3$, 약반은 $1/4$, 강반은 $3/4$

밥을 보고 잡곡의 비율을 계산하다가 자기 스스로도 어이가 없어 그는 피식 웃고 말았다. 산학을 본격적으로 공부하기 시작하고부터 어디를 가든 머릿속으로 계산을 했다. 줄지어 날아가는 새를 보아도, 나란히 서 있는 나무들을 보아도 나락을 싣고 가는 달구지를 보아도 늘 머릿속으로는 문제를 내고 풀곤 했다. 풀리지 않는 문제를 골똘히 생각하며 가다가 진창에 빠진 적도 숱하게 많았고 길가 나무에 머리를 부딪혀 혹이 난 적도 몇 번이나 됐다. 그러고도 그 버릇을 고치지 못했다.

"산학자들은 아마도 수數에 미친 사람들인지도 모르지."

노름에 미치거나 여자에 미치거나 괴상한 취미에 미치지 않고 신비하고도 두려운 수에 미치는 것이 다행이라고 생각했다. 입맛이 없어 두어 숟가락 떠먹다 말고 상을 윗목으로 물렸다. 그리고 다시 산학책에 매달렸다.

그저 혼자 공부하기 위해 책을 볼 때와 책을 쓰기 위해 공부를 할 때는 차원이 달랐다. 남이 써놓은 책을 볼 때는 우선 장점과 단점이 제대로 들어왔다. 대단하다고 생각하며 위축될 때도 있고 왜 이렇게밖에 못 썼을까 한탄을 할 때도 있었는데 그렇게 장단점이 명확하게 보인다는 것은 책의 내용을 객관적으로 볼 수 있기 때문이다. 그러나 막상 책을 쓰려고 하자 생각만큼 쉽게 풀려 나가지 않고 막막했다.

그는 우선 가지고 있는 산학책을 분석하는 일부터 했다. 산학청에 있는 책이라야 임진왜란으로 거의 소실되어 몇 권 되지 않았다. 그중 『상명산법詳明算法』만은 보존이 잘 되어 있었다. 그것과 함께 임진왜란 뒤에 전주부윤 김시진과 경선징이 찾아내 중쇄하여 현종 임금에게 백 권을 진상했다는 국초인본*『산학계몽』과 경선징이 직접 쓴 『묵사집산법』 정도만 남아 있었다. 그의 집에는 산학에 관한 필사본 몇 권이 대대로 전해 내려왔다. 그의 집뿐 아니라 산학자의 집안에서는 당연히 한두 권쯤은 전해오고 있을 터였다. 책이 워낙 귀하니 책을 만나면 우선 필사하여 두는 것이 관례이기 때문에 집마다 보관본이 있을 것 같은데 누구 집에 어떤 책이 있는지는 확인할 길이 없었다.

최석정의 『구수략九數略』을 살펴봤다. 중인들의 산학책과는 달리 사대부층이 산학을 어떻게 대하고 있는지를 보여주는 흥미로운 책이었다. 영의정을 비롯하여 왕조의 고위직을 두루 걸쳤던 최석정은 사대부가 이상으로 삼은 교양을 고루 갖춘 전형적인 귀족 학자이며 정치가였다. 중인 산학자와는 이질적인 사대부 산학사상의 단면을 나타낸다는 점에서 흥미로웠다. 형이상학적인 역학사상에 의해서 수론을 전개하는 등 특이한 일면을 지니고 있었다. 이 책에

---

* 세종시대 인쇄본

는 『양휘산법揚輝算法』에서 차용한 듯한 내용과 최석정이 만든 여러 가지 마방진이 실려 있었다. 갑·을·병·정의 4편으로 엮어졌는데 갑 편은 주로 가감승제의 4칙에 관한 기본적인 설명, 을 편은 이들 기본연산을 다룬 응용문제, 병 편은 개방·입방·방정 등에 관해서, 그리고 정 편은 문산·주산 등의 새로운 산법 및 마방진의 연구 등으로 구성되어 있었다. 중국 산학책을 통해 알게 된 서양의 근대적 산학에 대한 소개가 나오기에 반가운 마음에 집중해서 봤다. 그런데 정작 최석정은 서양 산학에 별 관심은 없었던 듯 슬쩍 한두 마디 언급하고 넘어갔다.

"아깝도다. 만약 내가 중국 산학책을 많이 접할 수 있고 그를 통해 서양 수학에 대해 접할 기회가 있었다면 그렇게 넘어가지 않았을 것인데."

그는 한숨을 쉬며 그 점을 못내 아쉬워했다. 아무래도 서양에서는 수학이 조선보다 아니 중국보다도 더 발전해가고 있는 것이 틀림없다는 판단이 들었다.

『구수략』에서 최석정은 서양에는 마테오 리치와 아담 샬이 있고 조선에는 경선징이 있다고 격찬했다. 그는 그 대목을 읽으면서 기분이 좋았다.

마지막으로 인용서적과 지금까지의 기록으로 남길 만한 수학자를 소개하는 대목에서 보수적인 사대부 수학을 보여주고 있었다.

예를 들어, 인용한 책 중에는 어이없게도 『주역』, 『주례』, 『예기』, 『논어』 등이 들어가 있고 수학자 명단에는 산학과 직접 관련이 있었던 인물에 대한 평가 대신 최치원, 황희, 서경덕, 이황, 이이 등 수학과는 전혀 상관없는 인물들이 포함되어 있기도 해 어리둥절했다.

다음은 경선징의 『상명수결』*과 『묵사집산법』을 살펴봤다. 이 두 책은 『산학계몽』의 형태를 거의 모방하고 있었다. 『율력지』나 『주비산경』 같은 옛 산학책을 인용하여 일부러 구구법의 순서를 역전시키기까지 한 것은 전통 산학 대부분이 거의 사라지는 상황에서 더욱 엄격히 고전을 부활하려는 경선징의 고지식한 면모 때문이었을 것이다. 경선징은 서문에서도 밝혔듯이 이 책을 수학 입문서로 쓰려고 했기 때문에 수준은 그리 높은 편이 아니었다. 선배이자 선생으로서 산학을 배우려는 후배들이 쉽게 배울 수 있도록 도움을 주려는 의도의 문제집이었다. 문제를 내고 답을 알려준 뒤 풀이를 하는 식은 『구장산술九章算術』의 집필 방식을 그대로 본 따고 있었다. 종6품 산학교수를 지낸 뒤 별제에 올랐던 경선징은 일반 업무를 보기보다는 대부분의 시간을 산학생도를 가르치는 데 썼을 것이므로 제자들을 가르치기에 알맞은 교재가 절실히 필요했을 것이다. 그

---

* 경선징이 쓴 책으로 홍대용이 『주해수용』을 집필할 때 참고한 책으로 나열한 여덟 권 중 한 권인데 현재는 전해지지 않는다.

점은 산학교수를 지낸 그도 깊이 공감하는 바였다.

"참 재미있는 문제란 말이야."

볼 때마다 경선징의 새로운 해법에 빙그레 웃음이 지어지는 문제가 있었다. 거기에는 재미있는 풀이 과정이 함께 실려 있었다.

어떤 사람이 술을 가지고 봄놀이를 가는데 처음 가지고 간 술의 양은 알지 못한다. 술집을 지나다 처음 가지고 간 술의 배를 사서 더하고 꽃을 만나 3말 6되를 마셨다. 또 남은 술을 가지고 그 배를 사서 합한 뒤 3말 6되를 또 마셨다. 이같이 다섯 차례 했더니 술이 떨어졌다. 처음 가져간 술의 양은 얼마인가?

원래 이런 비슷한 부류의 문제가 『산학계몽』에도 나온다. 영부족술 계산법으로 푸는 것인데 『구장산술』에서도 한 장을 할애할 정도로 중국 수학의 전통적인 계산 문제이다. 처음 가져간 술의 양을 모르는 상태에서 그 값을 임의로 가정한 다음 그 값이 문제의 조건을 따랐을 때 나오는 두 개의 결과가 문제에서 술이 떨어졌다는 결과와 얼마나 차이가 나는가에 대한 정보를 얻어 푸는 계산이다. 그런데 경선징은 문제를 거꾸로 거슬러 올라가면서 답을 구하는 해법을 제시했다. 즉 술이 떨어진 0이라는 상황에서 다섯 번째 꽃을 만나기 전에는 3말 6되, 술집에 가기 전에는 1말 8되. 이렇게 3

말 6되를 더하고 나누기를 다섯 차례 거듭하면 처음의 술 3말 4되 8홉 7작 5초를 얻을 수 있다.

"해법 자체가 기발하거나 난해한 것은 아니지만 고정 관념을 탈피한 새로운 해설이라는 점은 높이 살 만하군."

경선징을 어린 시절에 본 적이 있다는데 너무 어렸기 때문에 기억이 희미했다. 그가 다섯 살이던 해 청주로 낙향하기 전 남양에 잠깐 들렀을 때 그의 집에 와 손수 안아보기까지 했다는데 어머니로부터 하도 말을 많이 들어서 기억이 나는 것처럼 느껴지는 것인지 사실인지 알 수가 없었다. 어렴풋이 어떤 노인의 얼굴이 떠오르기도 하지만 사실인지 머릿속에서 만든 기억인지는 확실하지 않았다. 그러나 그가 경선징에게 가지는 존경과 애정은 깊고 확고했다. 피붙이이기 때문만은 아니었다. 같은 산학자로서의 존경심이었다. 책을 쓸 때에도 자연히 경선징의 책을 많이 참고했는데 비슷한 방식으로 할 수밖에 없다는 생각을 했다. 그 대신 좀 더 이 책을 보는 독자들, 즉 산학을 배우려는 사람들의 입장에서 쉽게 이해할 수 있도록 풀이 과정을 자세하게 서술해야겠다는 생각을 다시 한 번 다짐하게 되었다.

산학책들을 살펴보느라 며칠 동안 집중했더니 또 미열이 나고 속이 답답하고 체한 듯 메슥거렸다.

"쉬면서 몸을 돌보지 않으면 하고자 하는 바도 이루지 못할 것입니다."

　의원의 말이 생각나 그는 조선 산학책들을 살펴본 뒤에는 며칠 동안 아무것도 하지 않고 머리를 식혔다.

웃대 중인 시사 낙사

산학청에 처음 수업을 들으러 간 날은 내가 스무 살이 되는 계미년(1703년) 생일이었다. 어머니는 내게 미역국을 끓여주었고 수수팥떡 대신 시루떡을 해 이웃에게 돌리고 집안 식구들도 먹었다. 식탐이 있는 득하가 떡을 너무 많이 먹자 배탈이 날까봐 어머니는 떡을 감추느라 한바탕 소란을 피웠다. 떡을 빼앗긴 득하가 목청을 높여 우는 것을 달래느라 시간을 지체하다가 나는 아버지와 함께 집을 나섰다.

청풍계를 내려와 경복궁터 쪽으로 가다가 오른쪽으로 꺾어져 육조거리로 가면 호조 산학청이 있었다. 경복궁터에는 나무가 숲을 이뤄 무성했다. 아래로는 집과 나무, 돌기둥이 자리 잡고 있지만 전체적으로 휑뎅그렁한 인상을 줬다. 한때 위엄을 자랑했을 담장은 무너져 잡초가 얼키설키 자라 있었다.

"돌기둥을 등에 지고 네모지게 파인 연못이 경회루 터일 것이다. 아래쪽 가운데 돌무더기가 경복궁의 서문인 영추문인 것 같고. 소나무가 빽빽하게 자란 곳은 아마 근정전이겠지. 조선의 정궁으로 나라와 왕실의 존엄을 상징했던 경복궁이 이렇게 쓸쓸한 모습이라니. 임진년 왜란에 불타버린 것을 백 년이 지나도 복원하지 못하고 방치해두었다."

아버지의 침통한 말을 들으며 나도 그곳을 바라봤다.

'한때 서릿발 같은 권력을 휘두르던 곳일 텐데 이렇게 방치해두다니. 나라의 재정이 그토록 빈곤하단 말인가.'

산학청에서 공부하는 반은 두 반이었고 한 반 정원은 열다섯 명이었다. 산학청이 생긴 이래 꽤 오랫동안 한 반밖에 없었는데 두 반으로 증원된 것도 얼마 전이라고 했다. 나는 아버지가 맡은 갑반이 아니라 을반에 속했다. 산학청에는 양인자제와 3품 이상의 첩 자손이 입학하여 교육을 받았다. 여기에는 종6품 산학교수와 정9품 산학훈도가 한 명씩 딸려 학생을 가르쳤다.

"오늘부터 너희들은 『상명산법』, 『산학계몽』, 『양휘산법』을 배울 것이며, 소정의 학업을 마치면 양반이 보는 과거시험 대신 별도의 산학취재를 통해 산학 기술관이 될 수 있다. 물론 산학취재를 통과하지 못하면 산학자가 될 수 없다. 모두들 열심히 배우도록."

"예."

산학 기술관으로는 호조에 종6품 별제 2명이 정직正職으로 설치되어 있고, 종7품 산사 1명, 종8품 계사 2명, 종9품 회사 2명이 체아직遞兒職으로 설치된 것 외에도 호조에서 각종 회계를 담당하는 산원 30명이 소속되어 있다고 설명했다.

호조의 산학관리는 숫자가 극히 적었으므로 모두 산학취재에 대비해 열심히 공부했다. 남양에서 혼자 했던 공부가 우물 안 개구리 수준이었다는 것을 나는 산학청에 들어가자마자 깨달았다.

며칠 뒤 누군가 산학청으로 나를 찾아왔다. 키가 멀대같이 크고 비대하다고까지는 할 수 없지만 살집이 넉넉한 사람이었는데 눈꼬리가 선해 보였다. 눈도 크고 코도 크고 입도 커서 시원시원해 보였다. 어머니가 보았으면 사내답다고 좋아했을 것 같았다. 키 크고 싱겁지 않은 사람 없다더니 그는 보기에도 악한 데라고는 없이 사람 좋아 보이는 인상이었다.

"나는 유수석이라고 합니다. 갑자생이지요. 홍세태 어르신한테 홍형에 대한 말을 들었습니다."

"아, 역관 시험 준비한다던 분이십니까?"

내가 물었다.

"그렇습니다. 하하하하."

"산학에 관심이 많다고 들었습니다만."

"그렇습니다. 아, 역관이 웬 산학이냐, 그게 궁금합니까? 사실 내가 아버지를 따라 역관이 돼야 할 처지이긴 하나, 이상하게도 나는 역관일보다는 산학에 더 관심이 많답니다. 하하하."

그는 말끝마다 고개를 젖히고 웃었다. 버릇인 모양이었다.

"앞으로 친구로 지내자고 이렇게 찾아왔습니다."

"좋습니다."

"우리 그냥 친구니까 말 놓읍시다. 어떻소?"

유수석이 말했다.

"좋습니다."

"좋습니다가 뭔가. 좋다라고 해야지. 하하하."

나는 유수석을 보고 빙그레 웃었다. 홍세태 어른이 소개해줄 때까지 도저히 기다릴 수 없어 찾아왔다면서 유수석은 곧 궁금한 걸 물어봤다.

"내가 혼자 문제를 풀다 보니 말이야, 여기서 막혀서 도저히 풀리지가 않지 뭔가. 이다음에, 요기 요기서 어찌 해야 되는가?"

참 성미도 급한 사람 다 봤다고 생각하며 나는 피식 웃었다. 산학에 관심이 있는 사람이라면 당연한 일이다. 문제가 풀리면 풀리고 말면 말고 느긋한 사람은 절대 산학을 할 수가 없다는 것이 내 생각이다. 문제가 풀리지 않으면 밥도 먹기 싫고 잠도 잘 수 없어야 한다. 나는 만나자마자 산학 문제부터 물어보는 유수석이 우습지 않았다. 그가 물어보는 문제를 보니 혼자서도 상당한 경지에 오른 듯싶어 살짝 긴장이 되면서 반갑기도 했다.

"그다음에는 이렇게 해야 될 것 같네."

"아! 맞다. 그만 말하게. 그다음은 나도 풀 수 있을 것 같으이. 아, 이 바보. 아, 나는 왜 이리 멍청한가."

유수석은 자기 머리를 쥐어박으며 소리를 쳤다. 키가 큰 사람이 그러니 더 우스워 보였다. 처음 본 나에게 전혀 자존심을 내세우지 않고 솔직하게 대하는 그를 보니 좋은 친구가 되리라는 예감이 들었다.

과연 유수석은 역관 공부를 하긴 하는 건가 걱정이 될 정도로 산학청에 뻔질나게 드나들었다. 함께 산학 공부를 할 사람을 모아 모임을 꾸리기도 했다. 이런저런 이유로 모임이 꾸준하게 이어지지는 않았지만 늘 모임에 나를 빼지 않고 넣었다. 변하지 않고 항상 있는 회원은 나와 유수석 두 사람뿐이었다.

병술년(1706년) 산학취재 보는 날 아침이 밝았다. 나는 아침 일찍 일어나 세수를 하고 어머니 아버지께 인사를 한 뒤 억지로 밥을 조금 먹었다. 평상시에도 소식을 하지만 무슨 일이 있으면 더욱 입맛이 없어 거의 밥을 먹을 수 없는 것을 아는 어머니가 더 이상 권

하지 않아 다행히 속이 불편할 정도로 먹지 않아도 됐다. 어머니에게 인사를 하고 육조거리로 향했다. 백여 명이 함께 취재를 봤다.

"부정행위를 하다가 걸리는 자는 시험이 무효가 되는 것은 물론, 더불어 곤장 백 대를 맞는다. 알겠나?"

얼마 전 성균관 앞 반촌의 한 아낙이 나물을 캐다가 땅에 묻힌 노끈을 발견하고 잡아당겼는데, 끈이 대나무 통과 이어져 있었다고 한다. 대나무 통은 과거시험장이었던 성균관 반수당으로 연결되어 있었다고 한다.

"대나무 통을 길게 매설하고 통 속에 노끈을 넣은 후, 과거장에서 시험문제를 노끈에 매달아 신호를 보내면 밖에 있는 자가 줄을 당겨 시험문제를 확보하여 답안지를 작성해 노끈에 묶어 보낸 것이다."

산학취재 감독관이 말했다.

"대체 누가 그런 겁니까?"

누군가 물어봤다.

"조사를 했으나 범인은 잡을 수 없었다. 그 뒤로 남의 답안지를 보고 쓰거나 대신 시험을 봐주다 걸리는 자는 그 자리에서 시험지를 찢어버리는 것은 고사하고 곤장까지 맞게 되었다. 잘 알아듣겠지?"

"예."

"그것도 딴에는 첨단기술이라고 할 수 있겠구나. 그런 걸 생각할 시간에 책이라도 한 번 더 봤으면 붙을 확률이 훨씬 높아질 것을. 좋은 머리를 왜 그런 데 쓰나? 자, 모두들 먹을 다 갈았겠지?"

"예."

문제는 쉽지 않았다. 계산이 복잡하고 어려운 문제들이 출제되었다. 각자 산대를 꺼내 계산하느라 시험장이 부산스러웠다.

어머니 아버지가 시험을 잘 봤느냐고 물었을 때에도 나는 자신이 없다는 말만 했다. 그러나 열흘 뒤 발표한 합격자 명단에 내 이름이 당당히 붙어 있었고 산학청으로 출청하게 되었다.

산벚꽃이 하느작 하느작 떨어져 내리는 봄날.

나는 처음으로 홍세태가 주선하는 웃대 중인 시사에 참여했다. 물론 유수석이 함께 가자고 몇 번이나 권했기 때문이다.

"오늘은 수성계곡 기린교 앞에서 낙사洛社*가 열린다고 하네. 시원하고 경치도 좋으니 함께 가세."

구불구불한 골목길을 한참 올라가자 인가가 사라지고 산이 나타났다. 맑은 물이 콸콸 쏟아지는 계곡에 일부러 맞춰놓은 듯 돌다리가 길게 놓여 있었다. 그것이 말로만 듣던 기린교였다. 여기저기 사

---

* 홍세태가 주도적으로 만든 시 모임 이름이다.

람들이 흩어져 난도 치고 시도 짓고 있었다. 나는 유수석을 따라다니며 먼저 온 사람들에게 인사를 하고 청풍계곡에 내려가 탁족을 하는 사람들을 바라보기도 했다. 시사를 하면서 지나친 음주에 빠지는 것을 경계하여 시사 내내 술 석 잔으로 금을 그어놓기도 해 술에 취해 해롱거리는 꼴은 볼 수 없었다.

온통 처음 보는 사람들이라 인사하기 바빴지만 유수석은 교류가 있었는지 특유의 넉살로 껄껄 웃으며 친근하게 말도 잘 나눴다. 낯을 가리는 나를 위해 수석은 일일이 소개해주고 말을 나누도록 배려해주기도 했는데 외향적이면서도 그럴 적에 보면 꼼꼼하게 남의 처지를 잘 살펴주었다. 민망한 것은 나를 산학의 천재라고 소개하는 것이었다. 나중에는 화까지 내며 그러지 말라고 해도 그는 알았다고 하고 곧 또 조선 산학의 미래를 이끌어갈 사람이니 뭐니 했다. 홍세태와 만난 수석은 몇 마디 인사를 하고 궁금한 것이 있다고 물어봤다.

"어르신. 위항 시인*들의 시를 수집하고 계시다는 말씀을 들었습니다만."

유수석의 말에 홍세태는 고개를 끄덕였다.

---

* 조선 후기 양반 사대부가 아닌 중인·서얼·서리·평민 출신 문인들이 이룬 문학을 '위항 문학'이라 한다.

"이미 죽은 사람들도 많고 생활이 곤궁하여 어디론가 가버린 사람들도 많아 수집하는 데 어려움이 있네. 하지만 내 언젠가 중인들의 시집을 만들고야 말겠네."

"그럼 위항 시인들의 문집으로는 두 번째가 되는 것입니까?"

"그렇지. 노비 출신이었던 유희경의 『촌은집村隱集』이 병자년(1636년)에 나왔으니 그게 처음이라고 할 수 있지만 그건 촌은 한 사람의 문집이었고. 이번에 내는 것은 위항 시인들의 묶음집이니까."

"촌은이라면 매창이 평생 사모했다던 그분 맞지요?"

유수석이 물었다.

"그렇네. 천민 출신이었지만 뛰어난 시인이었지. 돌아가신 뒤 한성부윤으로까지 추존되기도 했고."

"그럼 위항 시인들의 첫 묶음집은 무슨 시집입니까?"

"『육가잡영六家雜詠』이라고. 김효일, 정남수, 최기남 등등 여섯 사람의 시 210수를 모아 실은 문집이 있지. 위항 시인들은 대개 혼자서 활동하지 않고 무리 지어 활동했으니까. 일종의 동인지라고 할 수 있지."

"『육가잡영』이라? 허허. 여섯 사람의 잡소리라는 뜻인가요, 여섯 잡놈의 시집이라는 뜻인가요?"

"뭐 그 둘 다 아니겠나? 사대부에게 외면당하는 심사를 그렇게 나타낸 것이겠지."

"서문을 영의정 이경석 대감이 썼다는 걸 보니 더욱 그런 마음이 듭니다. 중인으로서의 설움과 인정받고 싶은 인간으로서의 욕구. 하하하."

유수석이 쾌활하게 웃으며 말했으나 끝은 쓸쓸한 느낌이 들었다.

"나도 똑같은 심정이네. 사실 이렇게 수십 년이 지나 다시 위항시집을 엮게 된 데는 김창협 대감 영향이 컸네. 김창협 대감의 말, 천기天機가 깊은 자만이 진실한 시를 쓸 수 있다는 격려와 재촉이 많은 영향을 미쳤지. 시는 작은 재주이나 명예와 이욕에서 벗어나 마음에 얽매인 바가 없어야 지을 수가 있다네. 『장자』에도 욕심이 많은 자는 천기가 얕다고 했지 않나? 부귀하고 세력 있는 자가 시를 잘 지을 수 있는 것은 아니지. 그렇게 본다면 시는 결코 작은 것이 아니야. 시인 됨됨이까지도 알아볼 수 있거든."

"네. 그럼 웃대 시인들의 시를 얼마나 모으셨습니까?"

"지금까지 내가 거의 십 년간 사오십 명의 시 이삼백 편을 모았다네."

"그렇게나 많이요?"

내가 놀라 물었다.

"간추린 게 그렇다네. 너무 격이 떨어지는 것은 빼고 말일세."

"『육가잡영』하고는 조금 다르겠군요."

내가 다시 물었다.

"그렇지. 『육가잡영』이 동인지라면 내가 하려는 것은 시선집이라 할 수 있지. 여러 사람의 좋은 시만 모아놓은 거니까. 시집 제목도 벌써 지어놨어."

"제목이 무엇입니까?"

유수석이 물었다.

"궁금한가?"

"여부가 있겠습니까? 하하하. 어서 알려주십시오."

홍세태가 수염을 쓰다듬으며 장난스럽게 말했다.

"해동유주海東遺珠."

"해동유주요? 흠, 조선의 잃어버린 구슬이란 뜻입니까?"

홍세태는 고개만 끄덕였다. 사대부들이 버린 주옥같은 작품들을 모아놓았다는 자부심이 제목에서 풍겨 나왔다. 곁에 있던 사람들도 모두 고개를 끄덕였다.

해가 서산으로 기울기 시작하자 사람들은 정자로 모였다. 볼일이 있어 일찍 간 사람도 있고 나중에 합류한 사람도 있어 정자에 모인 사람은 열 명 남짓 됐다. 정자에는 조촐한 술상이 차려져 있었다.

"먼저 한 잔씩 받게."

주욱 한 잔씩만 마신 뒤 자신의 시를 읊을 준비를 했다.

"돌아가며 오늘 지은 시를 읊어 보도록 하세."

거의 대부분은 청풍계의 아름다움과 봄에 대한 예찬이었고 더러 시국을 개탄하는 시도 있었다.

"하하하. 다들 좋습니다그려. 조선 사회의 문제를 제기한 시들도 통쾌하니 좋은데요? 하하하."

나는 지은 시를 읽기 부끄러웠으나 유수석이 얼른 빼앗아 자기가 대신 읽었다.

"아, 이 사람 시도 좋네그려. 산학의 천재 아닙니까, 이 사람이. 그런데 놀라지 마십시오. 이 사람이 창을 또 기가 막히게 합니다."

유수석이 나의 만류에도 불구하고 이렇게 말했다.

"오호, 그게 사실인가? 그렇담 안 들을 수 없지. 어서 한 곡 하게."

여러 사람이 박수를 치며 재촉했다. 나는 얼굴이 뜨거워져 몇 번이고 마다했지만 사람들은 포기하지 않고 짓궂게 끝까지 창을 하라고 내 입만 바라보고 있었다.

"나 참 이거야 원. 들으시고 후회하실 것입니다."

몇 번을 더 사양하던 나는 홍세태의 시 〈문안〉에 가락을 붙여 만든 창을 했다. 〈문안〉은 내가 홍세태를 처음 만나던 날 직접 들은 시였다.

"봄날 강남 기러기, 떼 지어 또 북으로 날아간다.

올 때에 내 아우를 보았을 텐데 어찌 함께 오지 않았는가."

노래가 끝나자 정자가 떠나가라 박수 소리와 웃음소리가 터져 나왔다. 특히 홍세태는 박수를 치며 좋아했다.

"이거 영광일세그려. 시가 아주 격이 높아진 느낌이네."

"아이고, 이거 괜히 어르신 시에 누를 끼친 게 아닌가 걱정입니다."

나는 낯이 화끈거려 간신히 이렇게 말했다.

"오, 아니야, 아니야. 정말 좋으이."

"아니, 이런. 진짜 미성이군."

"어찌 이리 음색이 고아한가?"

"얼굴도 곱상하더니 노래도 일품일세. 한 곡만 더 불러주게."

이 사람 저 사람 칭찬을 했다.

"하하하. 제가 뭐라 했습니까? 예, 한 곡 더 부르라굽쇼? 알겠습니다."

나 대신 유수석이 나서서 덜컥 승낙을 하고 말았다.

"이보게 얼른 한 곡 더 부르게."

계속 더 듣겠다고 아우성인 걸 한 곡만 더 부르고 그만두었다.

"산학자가 어찌 이리 노래를 잘하는가? 나는 산학자들은 딱딱하고 감정이 좀 메마른, 지극히 이성적인 사람들인 줄 알았더니."

홍세태가 말했다.

"공자님께서도 악을 중요시하지 않으셨습니까? 시, 악 모두 인간 본성이지요."

유수석이 대신 말했다.

"암. 그렇지."

나는 웃대로 이사한 뒤 내 인생이 수만 배로 확장되는 것을 느꼈다. 남양 바닷가에서 만나는 사람들은 사실 몇 부류밖에 없었다. 양반, 자신과 같은 중인들, 그리고 상민들. 서로 처지는 다르지만 몇 대에 걸쳐 살아온 사람들이라 특별할 것 없이 비슷했다. 양반이든 상민이든 먹고사는 것에만 관심이 있었지 시문이나 예술에 관심을 갖는 사람은 만나기 어려웠다. 그저 어찌하면 자식들 입에 먹을 것을 넣어줄까 고민하거나 좀 여유가 있는 사람은 주막에 가서 술이나 마시는 것으로 소일했다. 돈이 제일 아니냐는 말을 아무렇지도 않게 내뱉었다. 산학청에서 만나는 산학자들도 마찬가지였다. 무슨 수를 써서라도 돈을 모으는 데에만 관심이 많았는데 심지어 그것을 자랑으로 알았다.

그런데 한양으로 온 뒤에 웃대에서 만나는 사람들은 모두들 같은 듯하면서도 달랐다. 먹을 것이 떨어져도 그림을 그리는 사람이 있는가 하면 책을 구하기 위해 쌀을 내다 팔기도 하고 도자기나 그림을 사 모으기도 했다. 개성이 강하면서 기인이기도 했다. 무엇이 되었든 자기가 하고 싶은 일에 매진하는 모습을 볼 수 있어 내 삶에 무한한 자극이 되었다.

어디에나 오류는 있다

산학 문제를 만드는 것은 쉬운 일이 아니었다. 만들어놓고 나중에 다시 보면 심각한 오류가 발견되어 폐기한 문제도 많았다. 조건이 충분히 갖춰졌는지, 명확한 답이 나올 수 있는지, 지금의 현실을 반영할 수 있는지 등 모든 것을 충족시켜줄 문제를 만드느라 그는 누구와도 의논할 수 없는 고독함을 느꼈다.

저녁을 먹고 나면 머리가 아파 일찍 자리에 드는 경우가 많았다. 자리에 누우면 어릴 적 생각이 밀려왔다. 웃대에 살 때 꿈에 나오던 언덕과 짙은 회색 뻘과 낮은 산들을 고향에 와서 매일 보니 더욱 어릴 적 생각이 자주 났다.

남양에 살 때는 몰랐다가 한양 살면서 알게 된 것은 고향 남양의 냄새였다. 바닷가 특유의 짠내와 물비린내를 멀리 한양으로 떠나고 난 뒤에야 맡을 수 있었다. 바닷가에 사는 사람은 파도 소리를 듣지 못한다는 말이 그래서 나온 모양이었다. 청풍계에 살 때 바람이 불면 불현듯 바다 냄새가 났고 그럴 때마다 남양이 그리웠으며 그곳 사람들의 얼굴이 떠올랐다. 언제 세월이 그렇게 빨리 흘러갔는지 정신 차리고 보니 거의 반백이었다.

깜빡 잠이 들었다가 그는 꿈을 꿨다. 가족 모두 남양으로 이사와 바닷가에서 함께 웃으며 조개를 캐고 있었다. 두 아들과 실제로는 나이 차이가 꽤 나는 소이가 꿈에서는 고만고만한 또래의 어린애들이었다. 한참 재미있게 조개를 캐는데 멀리서 작고 붉은 점이 다가왔다. 왠지 두려운 마음에 휩싸여 그가 지켜보는 사이 붉은 점은 점점 빠르게 다가왔고 다가올수록 삽시간에 커져 마침내 거대한 불덩어리가 되어 그의 가족을 향해 전속력으로 날아왔다.

"피해."

그가 외쳤지만 가족들은 조개를 캐는 데 정신이 팔려 그의 고함을 듣지 못했다. 그는 가족들을 향해 달려가기 시작했다. 지척이었던 거리는 아무리 달려가도 가족에게 다가갈 수 없을 정도로 먼 길이 되었고 불덩어리는 가족을 곧 덮칠 듯 쉭쉭 소리를 내며 커졌다.

"제발 피해. 불이야."

그는 급기야 울며 소리치다 깨어났다. 얼굴이 온통 눈물범벅이었다. 깨고 난 뒤에도 그는 오랫동안 숨죽여 흐느꼈다. 아침에 일어나면 개운하기보다 몸이 천근만근 무겁기만 했다.

어느 날 아침 몸 상태가 좋지 않아 아침밥을 먹고 가만히 마루에 앉아 있을 때였다.

"이보게. 아침은 먹었는가?"

큰남이가 불쑥 대문을 열고 들어왔다.

"어서 와. 며칠 쉴까 하고 있던 참이네."

그는 큰남이를 반가이 맞았다.

"그럼 오늘은 나와 같이 배로 메추리섬에나 가려나?"

"메추리섬?"

"사람이 안 사는 무인도야."

"정말 사람 대신 메추리가 주인이라도 되나?"

"뭐 많긴 하지만 그래서가 아니라 생긴 게 메추리알같이 동그랗고 작다고 해서 그런 이름을 붙였네."

큰남이가 이름을 붙인 모양이었다.

"거긴 왜 가나? 물고기가 많은가?"

"아니. 거긴 물결이 잔잔한 섬이지만 대신 물고기도 별로 없지. 물이 사나운 곳에는 멀미가 나서 자네는 가지도 못할 것 아닌가. 거긴 아주 잔잔해. 그런데 그 섬에 기가 막힌 게 있다네."

큰남이가 비밀이라도 된다는 듯 소리를 낮추고 말했다.

"뭔데?"

"아, 갈 거여 안 갈 거여?"

"가세."

만조 때라 마을 바로 앞까지 바닷물이 넘실거렸다. 큰남이는 그가 멀미를 할까봐 살살 노를 저어 메추리섬까지 갔다.

"저기 저기 좀 보게."

섬은 온통 야생화 천지였다. 누가 일부러 심었다고 해도 그토록 아름답지는 못할 것 같았다.

"아! 섬에 이렇게 많은 꽃들이 어떻게 피었을까?"

정하는 감탄하며 사방을 둘러봤다.

"기가 막히지 않나? 내가 어렸을 때 말이야, 어느 날 아버지와 함께 바다에 나갔는데 그날따라 고기가 많이 잡히는 거야. 비가 쏟아져서 정신을 차려보니 너무 멀리 나왔더라고. 할 수 없이 이 섬에 배를 댔지. 아마 그때도 계절이 이맘때쯤 됐었나봐. 춥지 않을 때였지. 온통 꽃동산이더군. 비가 쏟아지는데 그 비를 맞으며 정신없이 꽃들을 봤다니까. 혹시 여기가 옛날이야기에 나오는 서천꽃밭이 아닌가 하면서. 저기 뒤로 돌아가면 작은 동굴이 있어. 거기서 아버지랑 하룻밤 자고 다음 날 집에 돌아갔지. 집에 갔더니 마을에서는 우리 부자가 죽었다고 난리가 났더구만."

"맞아. 그런 일이 있었지. 나도 기억나네."

늘무늬에도 봄이 오면 개나리, 진달래, 민들레, 제비꽃이 피지만 이렇게 온 섬 전체가 꽃으로 뒤덮인 곳은 처음이었다. 이곳은 인간이 살지 않아 이렇게 아름다운 섬이 된 것은 아닐까 생각했다.

"잠깐, 또 하나 아주 멋진 게 있다네."

큰남이는 배를 섬 위로 끌어 올려 나무에 묶어놓고 따라오라고 했다. 섬은 작았지만 북쪽에는 나지막한 언덕이 있었다. 큰남이는 그쪽으로 먼저 걸어갔다.

"아!"

언덕 위에 소나무 한 그루가 우뚝 솟아 있었다. 아니, 한 그루가 아니라 두 그루였다. 뿌리가 다른 두 나무가 엉켜 마치 한 나무처럼 부둥켜안고 있었다. 다른 날 다른 몸으로 태어났으나 죽기는 한 날에 죽는다는 연리지.

"하늘에서는 비익조가 되기 원하고 땅에서는 연리지가 되기 원하네. 당나라 시인 백거이가 읊은 〈장한가〉 가운데 이런 문장이 있다네."

정하가 말했다.

"그런가?"

"서로 다른 나무가 어떻게 한 나무가 될 수 있지?"

정하의 말에 큰남이가 고개를 갸웃하며 대답했다.

"두 나무에 상처가 나고 서로 붙은 채 상처가 아물면 나무 속까지 붙어서 한 그루처럼 자란다네. 전혀 다른 종류끼리 이렇게 되는 경우도 있어. 동백나무와 생달나무가 한 나무가 된 경우도 있다니까."

그는 큰남이의 이야기를 들으며 고개를 끄덕였다.

"서로 다른 곳에서 태어나 한평생 사랑하며 사는 부부 같네."

큰남이의 말에 정하도 고개를 끄덕였다.

"어디 부부뿐이겠나. 이 세상 모든 사람이 그렇지! 벗도 마찬가지이고 스승과 제자도 마찬가지지. 서로 다른 사람들이 만나 서로를 이해하고 아끼는 관계를 맺게 되는 거지."

정하의 말에 이번에는 큰남이가 고개를 끄덕이며 대꾸했다.

"자네는 농사꾼에게 이런 곳이 무슨 소용이 있나 생각할지 모르지만 이곳은 숨겨둔 나의 무릉도원이라네. 자네가 산학 공부하러 한양으로 가기 얼마 전에 우리 아버지가 돌아가셨지 않나."

"그랬지."

"눈앞이 캄캄했지. 동생은 넷이나 되고 어머니는 편찮으시고."

"자네가 고생 많이 했지."

"사는 게 한없이 팍팍할 때, 그래서 견디기 힘들 때 나는 훌쩍 여기 왔다 갔다네. 뭐, 하룻밤 자고 갈 때도 있지만 대개는 두어 식경 있다가 가고는 했지."

"으음."

"그런데 그게 참 이상했네. 그렇게 왔다가 간 것뿐인데 몸도 마음도 개운해졌다네."

정하는 큰남이를 바라봤다.

"자네가 지금 어려운 책을 쓴다니까 머리가 아플 게 아닌가. 나야 어떻게 힘든지 짐작도 못 하고 도울 방법도 없지만. 가끔 너무 하는 일이 안 풀릴 땐 내게 말하게. 여기 또 와 보자고."

큰남이가 이렇게 말하며 쑥스럽게 웃었다.

"고맙네."

"내가 누군가를 데리고 여기 오는 것은 오늘이 처음일세. 이곳은 아무에게도 말 안 했지. 나만 알려고 그랬다기보다는 글쎄 누군가에게 말을 해도 이해를 못 할 것 같아서. 나 같은 무지렁이한테 이런 곳이 무슨 호사냐고 퉁박이나 당할 것 같아서 말이야."

"흐음."

"예전에, 그러니까…… 연이 아씨가 시집에서 돌아와 그렇게 되었을 때……."

"응?"

"그때…… 자네를 데리고 한 번 올까 망설이다 말았다네."

"아."

"자네가 내색을 안 하는데 먼저 아는 척하는 것도 그렇고……."

큰남이는 알고 있었구나 생각하니 가슴이 뭉클했다. 할머니도 몰랐던 일인데.

"이곳이야말로 비밀의 화원일세."

정하의 말에 큰남이는 고개를 끄덕였다. 큰남이가 싸온 주먹밥을 먹고 한참 동안 풀밭에 누워 하늘을 보다 집으로 돌아왔다.

잠시 갔다 온 것뿐인데 큰남이의 말처럼 머리가 맑아지고 다시 힘이 충전된 느낌이 들었다.

다음 날부터 중국 산학책들을 살펴봤다. 조선 산학서들이 중국 책의 틀을 가져와 서술된 것이 많아서 그런지 크게 다르지 않았다.

제일 먼저『상명산법』을 살펴보았다. 이 책은 명나라 초기 상업 사회를 배경으로 실생활에 필요한 수학지식을 담은 책이다. 근량의 환산법을 비롯하여 일상적인 상거래와 관련된 가감승제 응용, 급수의 문제, 창고의 들이, 둑의 부피, 농지측량 등의 내용을 다루고 있었다. 그런데 산목에 의한 포산법布算法의 해설은 있으나 산목에 의한 수표시의 설명은 없었다. 산원을 뽑는 데 필요한 중요한 산학서인만큼 조선 산학의 주류의 하나였음을 알 수 있었으나 수준이 낮아 단순한 계산에 그치는 것이 흠이었다.

"초보자용이라면 모를까 산학을 하기 위한 지침서로서는 수준이 너무 낮은 것 같구만."

그는『상명산법』수준에 그치지 말고 조금 더 심오한 문제들을 다뤄야겠다고 기록해두었다. 다음으로『양휘산법』과『산법통종算法

^{統宗}』을 살펴보았다. 『산법통종』은 명나라의 산학자 정대위의 책이다. 그 책에 서술된 백자도는 1부터 100까지의 수를 가로 세로 열 줄의 행렬로 늘어놓아 가로 세로 대각선에 놓인 열 개의 합이 같게 만든 배열로 10차 마방진이라 불리는 것이다. 하나하나 계산해보면 각 줄은 가로나 세로 모두 합이 505가 나왔다. 그도 물론 예전에 한 줄 한 줄 계산해본 적이 있었다. 첫줄부터 끝줄까지 가로 세로 모두 일일이 계산해보았지만 합은 모두 같았던 기억이 났다. 그런데 무심코 대각선의 합을 구하던 그는 깜짝 놀랐다.

"허, 이상하다."

대각선의 합은 505가 아니었기 때문이다.

"어라?"

위대한 산학자의 책에 오류가 있다고는 생각할 수 없는 일이었다.

"가만있어봐라. 아무래도 내가 잘못 했겠지. 음, 다시 한 번 해보자."

역시 대각선의 합은 505가 아니었다. 양쪽이 모두 아니었고 값이 터무니없이 달랐다. 책을 놔두고 일어나 잠시 마당으로 나와 한 바퀴 천천히 돌았다. 아무래도 책 자체의 오류일 것 같았다. 잠시 마당에 서서 마을 앞 논과 밭을 둘러본 뒤 방으로 들어왔다.

자세를 바로 하고 다시 한 번 계산했다. 역시 마찬가지였다. 왼쪽에서 시작하는 대각선은 407이었으며 오른쪽에서 시작한 대각선은 603이었다. 한쪽은 98이 많고 한쪽은 98이 적었다.

"그렇다면 가로와 세로에 배열한 숫자의 순서에는 틀린 곳이 없다는 것인데."

그는 몇 번이고 살펴보았다.

"어디가 잘못된 것일까!"

가로줄의 순서를 바꿔보았다.

"아, 이런."

결국 가로 첫째 줄과 둘째 줄의 순서가 바뀌었다는 것을 알아냈다. 두 줄의 위치를 바꿔놓고 다시 계산하니 가로 세로는 물론 대각선의 합이 모두 505로 동일했다.

"아! 내가 『산법통종』의 오류를 알아내다니. 수석! 자네가 곁에 있다면 얼마나 좋을까."

키가 큰 유수석이 껄껄 웃는 모습이 눈에 보이는 듯했다.

"내가 뭐랬나? 자네는 천재랬지? 음하하하하."

수석이 있었다면 그걸 발견한 그보다 더 기뻐했을 것이다.

"수많은 산학자들이 『산법통종』을 봤을 텐데 왜 잘못된 부분을 못 찾았을까?"

정확한 이유는 알 수 없었다. 다음에 아우들과 아들들을 만났을 때 확인해보는 수밖에 없었다. 위대한 산학책이니 완벽할 것이라 생각해 오류의 가능성을 아예 생각하지 않은 것이 이유일 것이다.

'하긴 지금까지 나도 그렇지 않았나?'

그는 피식 웃음이 나왔다. 아무리 천재적인 사람이라도 틀릴 수 있다는 열린 마음을 가져야만 진리에 더 가까이 다가갈 수 있는 법이라는 사실을 마음 깊이 새겼다.

청나라 사신
하·국주와·의 대결

내 나이 서른 살이던 계사년(1713년).

오랜 가뭄으로 길에는 흙먼지가 풀풀 날렸다. 논과 들판에 초록이라곤 보이지 않았고 온통 누렇게 말라 죽어가는 풀뿐이었다.

땀이 비 오듯 쏟아지는 무더운 여름, 윤 오월 스무아흐레였다. 나와 유수석은 청나라 사신들이 묵고 있는 모화관으로 가면서 한시바삐 청나라 사신들을 만나 수학에 대한 대화를 나누고 싶어 마음이 급했다.

내가 아내와 이조, 이복이를 낳아 키우며 살고 있는 웃대 청풍계에서 모화관까지는 빨리 걸으면 한 시간도 채 걸리지 않았다. 유수석과 나는 무명 두루마기 자락을 펄럭이며 사신이 과연 무슨 질문을 할까 서로 예상 문제를 내고 풀이 과정을 얘기하며 부지런히 걸었다. 키가 크고 골격이 큰 유수석과 아담한 키에 마른 편인 내가 함께 걸어가는 모습은 보는 이로 하여금 저절로 웃음을 짓게 만드는 모양이었다. 마치 삼촌과 조카처럼 보여 '고목나무와 매미'가 우리 두 사람의 별호가 됐다. 둘은 생김새도 성격도 판이하게 다르지만 떼려야 뗄 수 없는 단짝으로 나이도 동갑이라 유난히 친했다. 사람들은 내가 안 보이면 유수석에게 묻고 유수석이 안 보이면 나에게 그 행방을 묻곤 했다. 물론 유수석이 호조 관리가 아닌데도 산학청에 와서 찾기 일쑤였다. 사람들 중에는 유수석이 호조 산원인 줄 아는 사람들도 많았다. 역관이라고 하면 어리둥절해서 무슨 소리냐고 되묻고는 했다.

날이 몹시 덥기도 했지만 유수석은 연신 땀을 훔쳤다. 원래 건강체였던 유수석이지만 요즘은 진이 빠진 것 같은 얼굴을 하는 경우가 많아 걱정이 됐다.

"자네는 땀을 안 흘리네그려. 난 몸집이 커서 그런지 여름이면 아주 땀 때문에 죽겠네. 땀을 줄줄 흘리고 있으면 사람이 좀 추하고 안돼 보이지 않나? 하하하."

"원 사람. 더워 땀 흘리는 게 추하긴. 별소릴 다 하네."

이번에 사신과 함께 온 하국주는 중국의 사력이라고 했다. 사력이란 청나라 천문대를 총 관장하는 관직이다. 그렇다면 하국주는 천문학과 수학에 있어 중국의 일인자가 틀림없을 것이다. 만나보고 싶은 마음이야 굴뚝같지만 중국 사신을 만나고 싶다고 아무 때나 불쑥 찾아가 만날 수 있는 것이 아니다. 이렇게 만나게 되리라고는 나도 유수석도 꿈에도 생각하지 못했다.

오늘 아침 조회가 끝날 때만 해도 어떻게 하면 중국 사신이 청으로 돌아가기 전에 한 번 만나볼까 골똘히 생각하고 있었다. 중국까지 갈 수 있는 기회가 없는 나로서는 포기할 수가 없었다. 그래서 호조참판을 찾아갔다.

"나으리."

"무슨 일이냐?"

"저, 이번에 사신으로 온 사람 중에 중국 사력이 있다고 들었습니다. 제가 꼭 한 번 보고 중국 산학과 우리 산학을 비교해보고 싶습니다."

"흠. 아무나 사신을 만날 수는 없을 텐데. 기다려라. 내 소개서를 써줄 테니. 혹시 만나줄지 모르니까."

"고맙습니다, 나으리."

호조참판의 소개서를 들고 나는 유수석을 만나 함께 얼른 영은문 근처 모화관으로 향했다. 가는 내내 가슴이 두 방망이질 치는 것을 막을 수가 없었다. 전국에서 거둬들이는 세금을 계산하는 단순한 일을 담당하고 녹을 받을 낮은 관리를 양성하기 위해 산학 수업을 하는 것에 그치는 것이 아니라 나는 산학이라는 학문 그 자체에 관심이 많았다.

'수數는 그 얼마나 오묘하고 정확한가. 대충, 적당히, 알아서, 주먹구구 이런 게 통하지 않는 것이 수다. 이 세상 모든 이들을 편리하게 할 수도 있는 학문이다.'

이것이 나의 평소 생각이었다. 성큼성큼 걷는 유수석을 놓칠세라 부지런히 걸으며 내 생각을 털어놓았다.

"유형, 중국의 산학은 얼마나 발전해 있을까? 혹 우리 조선의 산학이 우물 안 개구리처럼 협소한 것은 아닐까?"

나의 물음에 유수석은 평상시처럼 고개를 젖히고 하하하 웃기부터 했다.

"아무래도 중국에는 서양학문도 많이 들어와 있고 산학자들을 대우해주기도 하니 조선보다야 발달하지 않았겠나? 하하하."

우스운 일이 아닌데도 늘 고개를 들고 호탕하게 웃는 것이 유수석의 버릇이었다. 사람들은 늘 유수석을 보고 키 크고 싱겁지 않은 사람 없다고 했다.

"그렇겠지? 어느 민족이 특별히 머리가 좋거나 산학에 뛰어나다는 주장은 터무니없는 미신일 뿐이야. 다만 우리 조선의 환경이 산학을 하기에 좋지 않기 때문에 발전하지 못한 거지."

나는 조용히 고개를 끄덕이며 말했다.

"옳거니. 솔직히 우리 조선 산학이 중국의 전통을 따르고 있다는 것을 부정할 수는 없지만 그렇다고 해서 중국의 흐름에 맞춰 무조건 유행처럼 추종한 것은 아니지. 세종대왕 때를 보면 알지 않겠나? 우리는 산학을 비롯해 과학이 급성장했지만 당시 중국은 산학의 쇠퇴기였단 말이지.”

유수석의 말에 나도 고개를 끄덕였다. 자신들이 필요할 때는 아무 때나 불러다 골치 아픈 계산을 하도록 시키면서도 중인이라고 깔보는 지금의 양반들이 떠올라 입맛이 썼다. 모든 임금이 세종 같은 성군이 될 수는 없겠지만 여자 치마폭에 쌓여 있는 지금의 왕은 문제가 심각했다. 오죽하면 지금 저잣거리에는 『사씨남정기』라는 소설책이 날개 돋친 듯이 읽히고 있다고 하지 않나. 멀리 무악재 고개 밑에 번듯한 기와 건물인 모화관이 보였다. 대문 앞에 가서 사신을 만나러 왔다고 하며 호조참판의 소개서를 내밀자 모화관을 지키고 있던 군졸이 우리 두 사람을 안으로 안내했다.

우리는 의자에 앉아 기다렸다. 산 바로 아래에 있어서 바람이 불때마다 솔향기가 실려왔다. 무더위 속을 걸어오느라 흘린 비지땀은 말끔히 식었다.

한참을 기다린 뒤 사력 하국주와 사신 아제도가 들어왔다. 하국주는 보통 키에 통통한 편인 사십대 중반쯤 된 사람이었고 아제도는 키는 비슷한데 마르고 까다롭게 생긴 사람이었다. 둘 다 조금 거만해 보였다. 나도 얼굴은 알고 지내는 낯익은 역관이 하국주 뒤에 따라 들어와 나와 유수석을 보고 인사를 했다.

"조선 산학자들이라기에 통역을 할까 하고 왔더니 그럴 필요가 없구만. 자네가 하면 되니까 말이야."

"그렇지."

유수석은 크게 고개를 끄덕이며 맞장구를 쳤다.

"대체 자네는 역관인가 산학자인가."

"글쎄. 하하하. 오늘은 그 둘 다일세."

역관은 우리 두 사람을 하국주 일행에게 소개하며 유수석이 중국어 역관이라는 말까지 했다.

"오호, 그래요? 특이하군."

하국주는 지나치게 크게 웃으며 자리를 권했다. 처음에 기선을 제압하려는 의도로 보였다. 다섯 명은 마주 보고 앉아 먼저 차를 마셨다.

"그대들이 하사력을 보고 싶다고 했다고? 그대들이 조선 제일의 산학자인가?"

아제도가 물었다.

"아니오. 이 사람은 종9품의 회사會士요. 그리고 나는 아까도 말했듯이 산학자와는 상관없는 중국어 역관이오. 조선에는 우리보다 학문적으로 우수한 분들이 많이 있소. 음하하하."

유수석이 역관을 통하지 않고 바로 하는 말을 들은 하국주는 고

134

개를 끄덕이며 두 사람을 위아래로 훑어봤다. 산학 문제 몇 개만 내도 저런 촌뜨기들은 어마 뜨거워라 줄행랑을 칠 게 뻔하다는 자신만만한 표정이었다. 이런저런 의례적인 말을 몇 마디 나눈 뒤 하국주는 곧장 수학 문제를 냈다. 나는 속으로 웃음이 나왔다. 나도 인사말을 나누는 시간조차 아까웠기 때문이다. 그렇다고 내가 먼저 수학 이야기나 하자고 제안할 수도 없어서 조바심을 내며 기다리고 있었는데 하국주 역시 조선의 산학 수준이 궁금했던 모양이다. 학자들은 모두 상대방의 학문적 깊이가 어느 정도인가 알고 싶어 안달이 나는 것은 똑같은 모양이라고 생각하며 나는 웃음을 머금은 얼굴로 고개만 끄덕였다.

"자, 내가 먼저 문제를 하나 내겠소."

우리는 무슨 문제가 나올까 긴장했다.

"흠, 360명이 은 1냥 8전씩 내면 모두 합해 얼마인가요?"

나는 하국주가 우리를 얕잡아 본다는 것을 단박에 알았다. 중국과 우리의 관계와 학문을 생각할 때 당연한 것인지도 모른다. 분할 것도 없었다.

"답은 648냥입니다."

하국주는 이렇게 빨리 풀다니 하는 표정을 지었으나 사실 별로 어려운 문제는 아니었으므로 다음 문제로 곧바로 넘어갔다.

"정사각형의 넓이가 225자이면 한 변은 얼마인가요?"

『구장산술』에서부터 다루어온 내용이기에 이번 문제도 산학자라면 누구나 답할 만한 문제였다. 나는 침착하게 말했다.

"열다섯 자입니다."

대답이 예상보다 빨라 하국주는 수준을 높여야겠다고 생각했는지 한참 고민했다. 천천히 수염을 왼쪽 오른쪽으로 쓰다듬던 하국주는 이윽고 이번 문제는 좀 어려울걸 하는 눈으로 우리 두 사람을 보며 문제를 냈다.

"크고 작은 두 개의 정사각형이 있습니다. 그 넓이의 합은 468평방자이고 큰 정사각형의 한 변은 작은 정사각형의 한 변보다 6자만큼 깁니다. 두 사각형의 각 변의 길이는 얼마인가요?"

나와 유수석은 각자 계산을 한 뒤 둘의 답을 맞혀보고 고개를 끄덕였다. 이번에는 유수석이 나서서 답을 말했다.

"큰 사각형의 한 변의 길이는 18이고 작은 정사각형의 한 변의 길이는 12입니다. 하하하."

하국주가 얼굴을 살짝 찡그렸다. 자신이 조선의 젊은 수학자들을 너무 깔봤다는 것을 깨달은 것 같았다. 그때 거드름을 피우며 옆에 있던 사신 대표 아제도가 나섰다.

"사력의 수학 실력은 천하에 세, 네 번째 안에는 반드시 들 것이오. 이분의 수학 실력은 깊이를 헤아릴 수 없소. 서양의 천문학 지식을 바탕으로 한 역산서『역상고성曆象考成』편찬에 교산이란 직책으로 참가한 적도 있소. 당신들은 도저히 이분에게 견줄 수 없을 것입니다."

노골적으로 두 사람을 무시하는 말을 하더니 이번에는 두 손을 들고 두 사람에게 말했다.

"왜 그쪽에서는 문제를 내지 않는 것이오. 문제를 낼 자신이 없으시오? 자, 당신들도 질문을 해보시오."

감히 너희가 무슨 문제를 내겠느냐는 표정이 거슬렸지만 나는 공손히 고개를 숙인 뒤 문제를 냈다.

"둥근 옥 한 덩이가 있습니다. 그 안에 정육면체의 옥이 내접하고 있는데 이 정육면체를 빼낸 껍질의 무게가 265근 15냥 5전입니다. 껍질의 가장 두꺼운 곳의 두께는 4치 5푼입니다. 정육면체 한 모서리의 길이는 얼마입니까? 그리고 옥의 지름은 얼마입니까?"

이 문제는 내가 직접 만든 문제였다. 문제를 들으며 하국주는 당황한 빛이 역력했다. 얼굴이 붉게 달아오르기 시작했다. 가만히 머릿속으로 그려보는 듯하더니 종이를 가져오라고 했다. 종이에 그림을 그려 답을 알아내려 애썼다. 하지만 점점 더 낯빛이 검붉어지더니 이마에 땀이 맺혔다. 사신 아제도가 안절부절못했다. 이윽고 비듬 떨어지는 소리도 들릴 정도로 조용하던 침묵을 깨고 하국주가 헛기침을 했다.

"음, 이, 이 문제는 매우 어, 어렵구랴."

그러고도 또 한동안 아무 말이 없었다. 아제도도 눈에 띄게 당황한 표정이었다. 차라리 모르겠다고 하면 풀이법을 알려주고 다음 문제로 넘어갈 텐데 자존심이 상하는지 못 풀겠다는 말은 절대 하지 않았다. 하국주의 얼굴은 이제 벌겋게 달아올라 늙은 호박처럼 보였다.

"흠흠. 이 문제는 당장은 풀지 못하지만 내일은 반드시 답을 주겠소."

투투투둑.

갑자기 들려오는 소리에 사람들이 열어놓은 문으로 밖을 내다봤다. 가물었던 대지에 소나기가 내리기 시작했다. 흙냄새가 훅 끼쳐왔다. 후텁지근하던 공기가 한순간에 시원하게 바뀌었다. 그렇게나 애를 태우더니 한번 내리기 시작하자 앞이 안 보일 정도로 쏟아져 내렸다.

"비가 옵니다."

아제도가 밖을 내다보며 짐짓 쾌활한 척 목소리를 높여 소리쳤다.

"그렇군요. 조선도 꽤 가물었지요? 우리 청나라도 몹시 가문 걸 보고 떠났는데 지금쯤 비가 오려나?"

모든 사람은 잠시 문제 푸는 것도 잊고 밖을 내다봤다. 열어놓은 문으로 비에 젖어가는 도성이 보였다. 반갑고 고마운 비였다. 온갖 푸성귀가 춤을 추듯 빗물을 받아먹고 있을 터였다. 푸성귀뿐 아니라 목숨 붙은 모든 것들에게 내리는 하늘의 축복이었다.

반 시간가량 쏟아지던 비는 차츰 가늘어지더니 차분히 내리기 시작했다.

나와 유수석의 실력을 알아본 하국주는 다음부터는 눈에 띄게 어려운 문제를 냈다. 의자에 기대 느긋하게 앉아 있던 처음과 달리 곧추앉아서는 긴장한 빛이 역력했다. '설마 이건 못 풀겠지' 하는 희미한 비웃음이 아직도 조금 남아 있었지만 허세인 듯했다. 그럴수록 나와 유수석은 번갈아가며 정확한 답을 말했다. 하국주는 당황한 듯 종이에서 눈을 못 떼며 물었다.

"허허. 지금 이 문제는 어떻게 풀었소?"

내가 붓을 들어 풀이 과정을 설명하자 하국주는 오래오래 고개를 끄덕였다.

"옳은 풀이 방법이오. 풀이한 종이를…… 내가 가져가도 되겠소?"

"그리 하십시오."

아마도 하국주는 문제의 답을 정확히 알고 있지 못한 모양이었다. 아니면 어찌어찌 답은 알았지만 정확한 풀이 과정을 몰랐을 수도 있다. 그것도 아니라면 나의 풀이 과정이 더 새롭고 명확했을 수도 있다. 산학은 꼭 한 가지의 풀이 방법만이 존재하는 것은 아니니까. 이후 하국주의 태도는 180도 달라졌다.

"벌써 저녁 시간이 다 되었군요."

하국주의 말에 고개를 들어보니 어스름이 내리고 있었다. 여름
이라 낮이 길지만 산 아래라 도성의 다른 곳보다 일찍 저녁이 왔다.

"그렇군요. 어느새 저녁 시간이군요."

표정이 많이 부드러워진 아제도도 밖을 내다보며 말했다.

"우리와 함께 저녁을 먹읍시다. 식사 후에 술이라도 한 잔 하면
서 이야기를 계속하는 것이 어떻겠소?"

하국주의 말에 유수석은 나를 보고 웃으며 고개를 끄덕였다.

"그거 듣던 중 반가운 소리입니다."

하국주가 다섯 사람의 저녁을 차려오라 하자 대기하고 있었던
듯 얼마 시간이 지나지 않아 상이 들어왔다. 사신들을 접대하기 위
해 마련한 온갖 진귀한 음식이 그득했다.

"술도 많이 있소. 마음껏 듭시다."

"좋습니다. 하하하."

산학 대결에 신경을 써서 그런지 나는 입맛이 별로 없었다. 술 한
잔에 고기 한 점, 나물 두어 점을 먹고 나자 배가 가득 찬 듯 더부룩
했다. 수석은 연신 고기와 술을 마시며 중국말로 떠들며 웃었다.

저녁을 다 먹고 나자 하국주는 조금 늦게 돌아가도 되느냐고 물
었고 그렇다는 대답을 듣자마자 다시 또 문제를 냈다. 어느새 비는
그쳤고 하늘에 별이 하나둘 나오기 시작했다. 비 온 뒤라 그런지 유

난히 하늘이 깨끗해 보였다.

"내가 문제 하나 더 내겠소. 지름이 10자인 원에 내접하는 정오 각형의 한 변의 길이와 넓이는 각각 얼마요?"

하국주의 질문에 나와 유수석은 눈을 마주쳤고 수석이 나서서 말했다.

"조선에는 아직 이런 문제를 풀 학문이 없습니다. 서양 예수회 선교사들이 전했다고 하는 삼각법에 대해 말해주십시오. 우리 조 선의 중인 산학자들은 아직 접하지를 못했습니다. 그것에 대해 좀 더 자세하게 설명해줄 수 있습니까?"

이에 대해 하국주는 보충 설명을 해주었다.

"원은 360도이고 정오각형의 꼭지각의 하나는 72도가 되는데 그 반인 36도에서 정현수*의 값을 구하게 되오."

유수석은 얼른 다시 물었다.

"정현수는 어떤 방법으로 얻은 것입니까?"

"8선표**가 있으면 쉽게 값을 구할 수 있지만 아니라면 매우 어 렵기 때문에 여기서는 대답하기가 곤란하오."

"이치가 아무리 심오하고 어려울지라도 저희들은 참고 배울 수

---

* 삼각함수의 하나인 사인(sine)으로 직각삼각형의 빗변과 높이의 비
** 삼각함수표

있습니다. 그 길을 알려주십시오."

내가 다급하게 대답했다. 하국주는 『구고도설勾股圖說』이라는 책을 보여주었다. 구고현의 정리*를 이용한 고차 방정식 문제를 다룬 산학서였다. 나와 수석은 『구고도설』에 나오는 다른 문제를 산목셈으로 척척 풀었다. 산대를 챙겨오기를 잘했다고 생각했다. 그걸 본 하국주는 신기해했다.

"중국에는 이런 것이 없으니 가지고 돌아가서 모두에게 보이고 싶소. 나에게 이것을 줄 수 있겠소?"

"예. 어렵지 않습니다."

산대는 중국에서는 이미 사라져버렸고 조선에는 그대로 보존되어 있었다.

"어허, 조선의 수학이 없다면 이 부분에서 동양 수학의 명맥이 끊어졌을지 모르겠소."

하국주의 태도는 처음과 많이 달라져 있었다.

"고맙소. 그 대신 내가 이 책을 당신들에게 주고 가겠소."

"아. 고맙습니다."

---

* 동양의 피타고라스 정리. 서양의 '피타고라스 정리'와 비슷한 '구고현의 정리'는 중국 고대 천문·수학서인 『주비산경周髀算經』에 기록되어 있다. 구(句)는 직각삼각형에서 직각을 긴 두 변 중에서 짧은 변을, 고(股)는 긴 변을, 현(弦)은 빗변을 가리킨다. 『주비산경』에는 세 변의 길이가 3:4:5인 직각삼각형 그림이 실려 있다.

수석과 나는 마주 보고 웃었다. 중국의 산학책을 가질 수 있다니 앞으로의 연구에 대단히 도움이 될 것이다. 유수석은 삼각법에 대해 하국주에게 좀 더 자세하게 물었다. 성의껏 설명해주다 하국주는 이상하다는 듯 고개를 갸웃하며 두 사람에게 물었다.

"조선에도 아마 8선표가 들어와 있는 걸로 알고 있는데 그대들은 산학자라면서 아직 못 보셨소?"

나와 유수석은 고개를 저었다.

"아마 들어왔어도 궁궐 깊은 곳에 모셔 두고만 있을 것입니다. 우리 같은 호조 말단 관리가 마음대로 볼 수는 없습니다."

"허어, 그렇다면 내가 중국에 돌아가서 보내주겠소. 『기하원본』과 『측량전의』라는 책 두 권을 오는 길에 봉황성에 두고 왔는데 돌아가면 함께 보내주겠소."

"고맙습니다."

잘 익은 수박으로 만든 화채와 차가 들어왔다. 하국주는 방안에 있는 한 사람 한 사람 앞에 차를 한 잔씩 따랐다. 슬쩍 옆을 보니 수석은 술이나 한 잔 더 하지 웬 차를 마시나 하는 얼굴이었다.

"내 솔직히 조선에 이런 인재가 숨어 있는 줄 미처 몰랐습니다. 젊은 분들이 정말 대단합니다."

우리도 깊이 고개를 숙여 인사를 했다. 통역을 하러 왔다 옆에 앉아 있었던 역관의 눈에도 우리 두 사람을 자랑스럽게 생각하는 빛이 역력해 민망했다.

"우리 한 번 만나고 헤어지면 그만인 관계가 아니라 죽을 때까지 산학을 함께 하는 벗이 되면 어떻겠소?"

"좋습니다."

"좋지요. 하하하."

"이번에 내가 조선에 온 까닭은 북극고도*를 재기 위해서요. 내일 조선의 왕을 뵙고 나면 바로 종로로 나가 조선의 북극고도를 잴 것이오. 북극고도는 역법의 기본이기 때문이지요."

산학뿐 아니라 천문 지식에도 일가견이 있던 나와 유수석은 하국주와 밤이 늦도록 대화를 나눴다. 언제 비가 왔냐는 듯 모화관 주위로 반딧불이가 떼를 지어 날아다녔다.

---

* 위도

첫 권을 완성하다

문제를 만들기 전에 먼저 산학서의 구성을 대략적으로 계획했다. 먼저 세 권으로 할 것인지 네 권으로 할 것인지 생각했다. 세 권으로 하면 보통 각 권을 천·지·인으로 해야 하고 네 권이면 원·형·이·정, 혹은 갑·을·병·정으로 해야 할 것이다. 9권 3책으로 정했다. 첫 권에 맨 앞부분은 산대를 늘어놓고 계산하는 곱셈·나눗셈 문제인 종횡승제문으로 하는 것이 좋을 것 같았다. 중국 산서들의 체계를 이어받아 같은 유형의 문제를 내되 조선의 실정에 맞도록 변형을 하기로 했다.

지금 쌀이 9만 8765섬 있다. 쌀 한 섬마다 모미*를 1말 5되**씩 더하면 좋은 쌀과 모미는 모두 합해 얼마인가?

모든 쌀의 양을 실實로 하고 본래 쌀 한 섬에 모미 1말 5되를 더한 수를 법法으로 하여 곱하면 되는 간단한 문제였다.

"답은 11만 3579섬 7말 5되로구나."

종횡승제문 세 문제를 더 냈다. 이 책을 볼 사람들의 입장에서 어떤 점들이 궁금할지 생각해보며 답과 해설을 썼다. 요즘 그는 오른쪽 어깨가 아파서 고생을 하고 있었다. 심지어 잘 때에도 왼쪽으로만 누워 잤다. 어쩌다 잠결에 오른쪽으로 돌렸다 소스라쳐 깨는 경우도 있었다. 아무래도 팔을 많이 써서 그럴 것이다. 그는 두세 문제 더 적고 싶으나 그대로 붓과 벼루를 윗목으로 밀어놓고 잠자리를 폈다. 타고난 체질이 워낙 약한 그였지만 불만은 없었다. 그냥 조심하면서 살면 된다고 생각했고 그것은 자신이 어쩌지 못하는 운명이라고 포기했기 때문이다. 건강체로 태어난 유수석도 그렇게 고목이 쓰러지듯 무너지지 않았던가!

초여름에 산학책 첫 권을 완성했다. 건강했다면 더 빨리 완성했겠지만 몸이 쇠약해지니 더위를 견디기 힘들었다. 쉬엄쉬엄하다 보니 시작한 지 서너 달이 지나서야 첫 권을 완성할 수 있었다. 그는 송곳으로 뚫어 엮은 책을 쓰다듬었다. 가슴이 벅차올랐다.

---

* 여분을 준비하여 양곡의 양이 축소되는 것에 대비하는 것
** 1섬 = 10말. 1말 = 10되.

"수석. 보고 있는가! 내가 첫 권을 완성했네. 모두 완결하려면 얼마나 더 있어야 할지 모르지만 시작이 반이라고 안 하던가. 자네도 지켜봐주게."

종횡승제문 열아홉 문제, 이승동제문 여덟 문제, 전무형단문 스물아홉 문제, 절변호차문* 열여섯 문제, 상공수축문** 여덟 문제를 간추려 한 권을 완성했다.

동이의 얼굴이 가장 먼저 떠올랐다. 빨리 문제를 풀게 하고 싶었다. 첫 권을 완성했으니 조금 쉬었다가 둘째 권을 시작하기로 했다.

부지런히 정자로 나가 아이들을 부르니 다른 아이들은 모두 놀고 있다가 달려오는데 막상 동이는 보이지 않았다.

"동이는 안 왔더냐?"

"예."

"무슨 일이 있는지 아는 사람은 없니?"

선뜻 대답하는 애가 없었다. 우물쭈물하는 아이들 눈치가 수상쩍었다. 어제 수업 마치고 가다가 네 녀석이 동이 하나를 또 못살게 굴었는지도 모른다. 며칠 전에도 지나가다가 그런 장면을 봤지만 그는 나서지 않았다. 그가 나섰다가 오히려 문제가 꼬일까봐 걱정

---

* 비례 배분의 문제로 『구장산술』의 쇠분(衰分)장에 해당한다.
** 입체도형의 부피를 알아내는 문제

이 되었던 까닭이다.

'저 녀석들이 아직도 시샘을 하는 게지. 이제 그만 벗이 될 때도 되었는데……..'

못난 자신을 반성하지 않고 뛰어난 사람을 미워하는 덜떨어진 짓을 하는 사람이 이 아이들뿐만은 아니다. 그것이 인간 본성인지도 모르겠다. 그 시간에 공부에 집중하는 게 조금이라도 미래에 도움이 될 텐데 스스로를 갉아 먹고 있는 아이들이 안타까웠다.

그렇지만 그는 아이들을 나무라지 않았다. 눈을 제대로 맞추지 못하는 걸로 보아 아이들 스스로 자신들의 행동이 정당하지 못하다는 것을 이미 알고 있었기 때문이다. 아예 오지 말라고 한 것일까. 그런다고 안 올 녀석이 아닌데 어디 몸이라도 아픈 것인가.

그는 이따 주막으로 찾아가볼까 아니면 저녁에 집으로 찾아오라고 할까 생각하며 문제를 내려고 책을 펼쳤다. 그러지 않으려 해도 힘이 빠지는 것은 어쩔 수 없었다. 아이들이 동이를 미워하는 데에는 자신의 태도도 한몫하고 있다는 것을 모르는 바가 아니었다. 되도록 티를 내지 않으려 해도 자신도 모르는 새 자꾸 동이에게 마음이 갔다.

"스승님. 죄송합니다."

그때 동이가 헐레벌떡 정자로 뛰어왔다. 대나무 소반에 뭔가를 담아 들고 정자 위로 올라왔다. 고소한 냄새가 났다.

"그게 뭐냐?"

"예, 저희 어머니가 함께 먹으라고 만들어주셨습니다. 늦어서 송구합니다."

동이는 아이들이 자신을 핍박했다는 표시는 전혀 내지 않았다. 그래서 그는 더욱 동이를 신뢰했다.

"먹음직스럽구나. 어디 하나씩 먹고 해볼까?"

그는 그중 제일 작은 개떡을 집어 들었다. 사실 떡 종류야 입에서는 맛있지만 먹고 나면 소화가 안 됐다. 그래서 그는 평상시에 거의 떡을 먹지 않지만 동이가 일부러 만들어온 떡이라 얼른 먼저 집어 들었던 것이다. 한 입 베어 물어보니 어떻게 만들었는지 쫀득쫀득하니 간도 알맞아 입에 착 감겼다.

아이들은 어찌 할까 서로 눈치를 보더니 개떡을 하나씩 냉큼 집어가 먹기 시작했다. 인근에서 동이네 음식 솜씨를 따라갈 사람이 없다는 것은 애나 어른이나 다 알고 있었다. 간만에 먹는 개떡으로 아이들도 그도 마음이 넉넉해졌다. 때마침 시원한 바닷바람이 불어왔다. 땀이 식으면서 상쾌한 기분이 들었다. 아이들도 기분이 좋은지 얼굴에 웃음이 돌았다.

"자, 내가 산학풀이책을 쓰고 있다고 말했었지?"

"예에."

"이제야 그 첫 권이 완성되었구나."

"와아."

아이들이 환호성을 올렸다. 마치 자신들의 일처럼 기뻐했다. 아이들의 웃는 얼굴을 보니 그도 기분이 좋았다.

"그런 의미로 문제 하나를 내겠다. 종횡승제문이다."

"에이."

문제를 낸다는 말에 아이들 얼굴에 긴장하는 빛이 감돌았다.

"자, 잘 들어보거라."

지금 쌀이 575섬 9말 있다. 한 말의 값이 은 5푼이면 이 쌀의 값은 얼마인가?

아이들은 각자 산대를 가지고 계산을 했다.

한참 시간이 지난 뒤 산대로 계산을 마친 동이가 먼저 손을 들었다.

"그래, 동이야. 답이 몇인고?"

"예. 제 계산으로는 287냥 9전 5푼입니다."

그는 흡족하여 말없이 고개만 끄덕였다.

"어찌 계산했는지 말해 보아라."

"쌀을 말로 환산하면 5759말이고 거기에 5푼을 곱하면 2만 8795푼이 됩니다. 이걸 냥으로 바꾸면 287냥 9전 5푼이 나옵니다."

다른 아이들도 조금 늦기는 했지만 모두 답을 구했다고 말했다.

종횡승제문 정도는 이제 큰 어려움 없이 모두 잘 풀었다.

"자, 그럼 다음 문제. 이번에는 비례 문제인 이승동제문이다. 『구장산술』의 속미粟米 장과 쇠분衰分 장에서 다루고 있는 문제들이다."

그는 이승동제문 중 어떤 문제를 낼까 잠시 망설이다가 문제를 냈다.

갑과 을 두 사람이 공동으로 돈 180냥을 출자하여 술장사를 했다. 연말이 되어 돈을 나누었을 때 갑은 112냥, 을은 98냥을 얻었다. 처음에 두 사람이 출자한 돈은 각각 얼마인가?

이번에도 역시 동이가 빨랐다. 문제를 풀고 고개를 들 때 동이의 얼굴은 기쁨으로 빛났다. 다른 아이들을 배려해 답을 말하지 않고 기다리고 있는 동이의 조바심을 모른 척했다. 동이의 품성을 알고 있지만 그는 그 순간을 즐기고 있는 것이다. 자신을 드러내 보이고 싶은 마음이 인지상정이다. 어른들도 참기 힘든 것인데 이제 열두 살 먹은 동이가 참을 수 있을까 조마조마했지만 동이는 잘 견뎠다. 이윽고 한참이 지나자 준하가 고개를 들었다. 답을 말해보라 하니 또박또박 설명했다.

"갑이 얻은 돈 112냥에 공동출자한 돈 180냥을 곱하여 실로 합니다. 갑과 을이 모두 얻은 돈 210냥을 법으로 하여 나누면 갑의 출자금이 나옵니다."

"그래. 얼마냐?"

"갑의 출자금은 96냥입니다."

"음, 그럼 을의 출자금은 얼마냐?"

"을의 출자금은 총 출자금에서 갑의 돈을 빼면 84냥입니다."

그는 고개를 끄덕였다. 준하를 칭찬하고 동이와도 눈을 마주쳤다. 부모가 시켜 억지로 산학을 공부하는 아이들보다 동이는 훨씬 잘 알아들었다. 다른 아이들은 아버지나 할아버지, 작은아버지들이 산학자인 경우가 많아 어릴 적부터 산학과 가까운 분위기에서 자랐을 텐데도 동이만큼 정확하게 이해하지 못하고 멍하니 있을 때가 많았다. 실제로 자신들이 알고 있는 내용이 훨씬 더 많은데도 문제에 적용해서 풀 생각을 못 했다. 동이는 산학에 대해 아는 것은 많지 않지만 자신이 아는 모든 지식을 활용하여 문제를 해결하려 노력했고 또 그러한 노력의 결과 탁월한 성과를 내는 경우가 종종 있었다. 동이는 자신이 알고 있는 지식의 몇 배의 효과를 내고 있다고 해도 과언이 아니었다.

"지지자불여호지자, 호지자불여락지자知之者不如好之者, 好之者不如樂之者라. 아는 것은 좋아하는 것만 못하고 좋아하는 것은 즐기는 것만 못하다 했다. 취재에 붙으려 외우려고만 하지 말고 진정으로 좋아하고 즐겨야 한다."

"예에."

"그럼 이 문제도 풀어봐라."

빈 수레로는 하루에 60리를 가고 여기에 짐을 가득 싣고는 하루에 40리를 간다. 곡식을 수레에 가득 싣고 창고까지 사흘 동안 두 번 다녀왔다. 창고까지의 거리는 얼마나 되는가?

이 문제 또한 이승동제문에서 다룬 문제이다. 허공을 보며 생각을 하는 아이도 있고 종이에 계산을 하는 아이도 있었다. 그는 아이들을 내려다보며 느긋하게 기다렸다. 이번에는 이상이나 이준이가 먼저 풀기를 바라면서 아이들을 차례로 바라봤다.

1권에서 세 번째로 다룬 것은 전무형단문이다. 『구장산술』의 방전方田에 해당하는 장으로 여러 모양의 밭의 넓이를 측정하기 위한 공식을 다루는 내용이다. 『구장산술』의 내용을 좀 더 확장하여 다양한 평면도형의 넓이를 계산하는 문제들을 다루느라 거의 서른 문제를 다뤘다. 호조 관리가 되었을 때 토지 조사를 실시하게 되는 경우 잘 알아야 하는 문제였다.

"너희들 세종대왕을 알고 있더냐?"

"예. 성군이라 들었습니다."

이준이가 대답했다.

"그래, 세종대왕은 재위 12년에 당시의 최신 산학책인 『산학계몽』이란 책을 업무 시간 외에 혼자 공부하셨단다. 지금도 기록이 전해오고 있다. 세종 임금께서는 과학기구 발명이나 농업기술 발전에 관심이 많으셨는데 그런 일을 위해서는 산학이 꼭 필요하다는 것을 아신 것이지."

"하지만 이제 그런 게 무슨 상관이 있습니까?"

"네. 맞습니다. 지금은 세종대왕 시절이 아니지 않습니까? 산학은 취재에 급제하여 관리가 되기 위해 배우면 그만 아닙니까? 어차피 산학을 아무리 잘한다 한들 양반이 되는 것도 아니지 않습니까? 호조 관리가 된다 한들 신분이 낮은 중인일 뿐인걸요."

육촌 아우의 아들인 이상이 내뱉듯이 툭 말했다. 그는 이상이를 바라봤다. 유난히 비분강개하고 현실에 불만이 많은 육촌 아우 승하를 떠올렸다. 이상이는 지 애비가 다른 사람들과 하는 말을 듣고 그런 생각을 하게 된 모양이다. 지금도 승하는 웃대 역관, 의관, 산학자들과 함께 중인도 주요 관직에 진출할 수 있도록 길을 열어달라는 통청운동을 벌일 계획을 세우고 있다. 틀린 생각은 아니지만 세상이 불공평하다고 당면해서 해야 하는 노력마저 하지 않아도 된다는 식으로 생각할까봐 걱정스러웠다. 사실 중인이 신분제약 때문에 문제라면 그보다 천한 천민들은 더 억울할 것이다. 그렇다면 그들도 함께 신분의 벽을 깰 수 있게 해달라고 요구해야 할 것이다. 조선이라는 사회 전체가 양반 상놈이 따로 없는 그런 세상이 되어야 한다. 서양 어디에서는 그런 사상이 있다고도 하던데 천년 세월이 흐른 뒤라면 모를까 당장은 가능성이 없어 보였다.

"물론 양반이 되는 것은 아니다. 하지만 산학을 공부하다 보면 너희들도 왜 산학이 중요한지 그 이유를 차차 알게 될 것이다."

그는 그 정도로만 말하고 수업을 끝냈다. 아이들이 후다닥 떠난 뒤 산대와 붓, 벼루를 챙긴 동이까지 인사를 하고 정자를 떠난 뒤에야 그도 천천히 집을 향해 걸었다.

밀물 때인지 멀리서부터 바닷물이 뭍을 향해 달음박질쳐 오다가 산산이 부서지고 다시 달려오다가 부서졌다. 용이 꿈틀거리듯 한꺼번에 몰려오던 바닷물은 하얗게 부서지기를 계속하지만 결코 멈추지 않겠다는 각오라도 다지는 듯 낙망하는 기색 없이 언제든 다시 시작했다. 멀리 소이가 서 있다가 그가 집으로 향하자 천천히 따라왔다. 바로 옆에 오지 않고 왜 늘 조금 떨어져서 따라오는 것인지 궁금했다. 어떤 날의 소이는 명랑해 보였고 어떤 날의 소이는 무언가에 낙망한 듯 축 처져 있고 또 어떤 날의 소이는 화가 난 듯 보이기도 했다. 자신의 감정이 이입된 것인지 아니면 소이 자체도 희로애락을 가지고 있는 것인지 알 수가 없었다.

'소이가 떠나지 않는 것일까? 내가 저 애를 잡고 있는 것일까?'

집 앞까지 와 뒤를 돌아보자 소이는 그 자리에 서서 손을 살짝 들었다 놓고 희미하게 사라졌다. 환상이나 환청이 들리는 것은 정신병이 아닐까 그는 걱정이 되기도 했다. 그러나 그런 현상이 점점 더 심해지지는 않았고 정신적으로나 육체적으로 못 견딜 정도로 힘겨운 것도 아니라서 그저 조용히 지켜볼 뿐이었다. 다만 아무 말도 없이 곁에 맴돌기만 할 뿐인 소이를 보며 죽어서도 말을 못 하는 것 같아 마음이 아플 뿐이었다. 이제라도 시원하게 말을 한다면 좋을 것 같았다. 다행인지 불행인지 소이가 그에게 무언가를 묻거나 말하지 않으니 그도 대답할 필요가 없었다. 혼자 주절거려 남에게 정신 나간 사람처럼 보일 염려는 없었다.

그는 다른 누구에게도 소이의 모습이 보인다는 말을 하지 않았다. 아무도 믿지 않을 게 뻔하고 또한 누가 믿어주기를 바라지도 않았다.

가짜와 진짜

병신년(1716년) 정월. 산학청으로 누군가 나를 찾아왔다.

"홍정하라는 분이 뉘시오?"

"접니다. 왜 그러시오?"

"아, 바로 왔구만. 나는 이번에 역관으로 청나라에 다녀온 박이오. 누가 당신한테 이걸 전해주라고 해서 왔소."

"누가, 그게 뭡니까?"

"책인 듯싶소. 하국주라는 사람이라고 합디다만. 청나라 사력이라던가?"

"아."

나는 반가운 마음에 얼른 책을 받았다. 『기하원본』과 『측량전의』였다.

"아, 이런. 이렇게 고마울 데가."

감탄을 하며 하염없이 책을 쓰다듬는 나를 보고 책을 전해준 사람이 그만 가보겠다고 했다.

"잠깐만요. 그분은 어떻던가요? 건강해 뵈던가요?"

"예. 뭐 통통하니 건강해 보입디다. 청나라에서 꽤 높은 벼슬아치 같던데. 어찌 아시오?"

나는 편지를 전해준 사람에 대한 예의로 하국주와 만났던 일을 간단히 말해주었다. 그리고 사례로 주머니에 있던 돈을 털어주었다.

"아이고, 뭐 이런 걸 다."

"탁주나 한 사발 하시오. 정말 고맙소. 나에게는 정말 귀한 책이라오."

"아, 그랬군요. 잘 쓰겠소. 그럼 난 이만 가겠소."

"고맙소. 이 은혜를 어찌 해야 할지."

"뭐, 청나라 다녀오는 길에 전해준 건데. 인지상정이지. 담에 인연이 되면 봅시다."

그 사람을 배웅하는 둥 마는 둥 들어와서 나는 편지를 읽었다.

홍 선생, 유 선생께 보내오. 그간 잘 지내고 계신지 궁금하오. 나도 잘 지내고 있소. 그대들을 만나고 청나라로 돌아와 생각하니 그날 내가 너무 옹졸했다는 생각이 드오. 조선의 산학자들이 그토록 실력이 있을 줄 꿈에도 몰랐기에 몹시 당황했다오. 나이도 많은 내가 그리 교만했다니. 그때의 나는 잊고 우리 서로 서신으로라도 산학에 대해 토론하는 진정한 벗이 되었으면 합니다. 중국이나 조선이나 산학이 학문이라기보다는 실용적인 면에 국한되는 것이 사실이오만 홍 선생의 말대로 산학이야말로 모든 것의 근본이 아니겠소? 내 그때의 무례를 사과하는 뜻으로 책을 두 권 보내오. 부디 그대들의 공부에 도움이 되었으면 합니다. 그럼 다음에 만날 날까지 건강하시오.

먼 곳에서
벗 하국주

나는 몇 번이고 책을 쓰다듬었다. 유수석을 만나러 단걸음에 달려갔다. 유수석은 편지를 보자마자 하하하 목젖을 보이며 웃어 젖혔다.

"그토록 오만하더니만 끝내 자넬 인정한 모양이구만."

"나라니? 우리지. 그나저나 책을 보내주다니 고맙기 그지없네."

둘은 한 권씩 가져가 필사를 하기로 했다. 산학청 수업이 끝나자마자 달려와 소이도 보는 둥 마는 둥 지필묵紙筆墨을 펼쳐놓고 필사를 했다. 쉬운 문제들이야 그냥 적어나가면 되지만 가끔 어려운 문제가 나오면 먼저 풀어보고 싶은 마음이 굴뚝같았다. 그러나 워낙 귀한 책이니 우선 필사를 하자는 약속을 지켜야 했기에 마음을 꾹꾹 누르며 부지런히 붓을 놀렸다. 나이나 나라와 상관없이 산학을 한다는 한 가지로 이런 신뢰를 갖게 되다니 가슴이 뭉클했다.

며칠 뒤, 홍세태가 유수석과 나에게 둘이 한번 놀러 오라는 전갈을 보내왔다.

"내 두 사람을 부른 이유는 겸재 영감이 금강산 유람을 마치고 한양에 오셨기 때문이다."

겸재라면 조선뿐 아니라 청나라에까지 이름이 알려진 화가라는 것은 나도 알고 있었지만 그를 만나거나 그의 그림을 본 적은 없었다. 절친인 이병연을 따라 금강산 유람을 가서 금강산 전도를 그려왔다는데 천하제일이라는 말을 들었다. 얘기로만 듣던 금강산을 그림으로 볼 수 있다고 생각하니 기대가 됐다.

"어떤 그림을 그리시는지, 왜 그리 유명한지 한번 구경해 보아라. 내 너희에게 조선의 화성畵聖이라 불리는 겸재 영감을 소개해주려고 그동안 벼르고 별렀는데 좀체 기회가 없더니."

나는 그림을 보는 눈도 없고 그림을 본 적도 별로 없지만 유수석과 함께 홍세태를 따라 겸재 댁으로 갔다. 집은 인왕산 아래 언덕 산길 속 유란동에 다른 집들과 조금 떨어져 있었다. 겸재는 반가워

하며 사람들을 맞았다. 김창집과 이병연 덕분에 청나라에까지 이름을 날리는 화가가 되어 그림을 그려달라는 양반들이 줄을 섰다고 하는데 첫인상은 거만하기는커녕 소박하기 그지없었다.

"여기는 호조 산원 홍정하와 역관 유수석이오. 이 둘이 글쎄 중국 사력의 코를 납작하게 했다지 뭐요."

홍세태가 우리 둘을 소개했다.

"아니, 그게 무슨 말인가. 자세하게 말 좀 해보게."

겸재가 반가워하며 말했다.

"아, 아닙니다. 코를 납작하게 하긴요."

내가 손을 내젓자 유수석이 나서서 그날 일을 털어놓기 시작했다.

"아하하하. 이렇게 통쾌할 데가. 대단한 젊은이들이로군. 하하하."

겸재는 기분이 좋은지 몇 번이나 물어보고 웃었다. 유수석은 하국주가 인편에 산학책을 보내주었다고 말하며 정말 약속을 지킬 줄은 몰랐다고 너털웃음을 터뜨렸다.

"허허. 그런 일도 있었구만. 나도 기분이 좋네. 내 그림도 좀 보여 줘야겠네."

겸재는 다락에서 그림이 들어 있는 곽을 내려 뚜껑을 열고 그림을 꺼냈다.

"아!"

처음 본 금강산이었다. 죽기 전에 한번 가볼 수 있을까. 아마도 불가능할 것이다.

"아! 금강산이 이리 아름답구나. 한번 꼭 가보고 싶네."

"몇 년간 걷고 또 걸으며 금강산을 보았지. 산에 올라가서도 보고 옆길도 가면서 보고. 멀리서도 보고 들어가서도 보고."

유수석도 입을 쩍 벌리고 감탄을 했다.

"이보게. 우리 둘이 언제 금강산 한번 가보세."

"금강산을? 허. 속 편한 소리 하네. 우리가 금강산 유람할 처지인가. 겸재 어른이야 친구분이 계시니 가신 것이지. 그림도 그릴 겸."

내가 두 손을 내젓자 수석이 정색을 했다.

"힘들지만 뭐 불가능한 건 아니지 않은가. 호조 그만두면 일 년 계획하고 둘이 떠나세."

"허, 참. 팔자 좋은 소리."

"아, 갈 건가 안 갈 건가. 안 간다면 다른 사람을 알아보고."

유수석은 서운한 척 고개를 돌리며 말했다.

"아, 알았네. 함께 가세. 자네가 가는데 내가 안 간다는 게 말이나 되는가."

내가 유수석을 달래듯 말했다.

"하하하. 원래 저리 친한가?"

겸재가 홍세태를 보고 물었다.

"네. 저희 둘이 절친입니다요. 하하하."

홍세태가 대답하기 전에 수석이 얼른 대답했다.

"보기 좋구만. 이 그림은 다 완성한 것은 아니네만. 그리다 마음에 안 들어 다시 그리려고 하는 그림인데 좀 봐주게."

"아니, 이것은?"

그림을 보고 수석도 나도 깜짝 놀랐다.

"허?"

"어디인지 알겠는가?"

"알다마다요. 청풍계 아닙니까? 이 사람이 바로 요기 요기쯤에 살고 있습니다. 허, 똑같네그려."

나는 그림을 뚫어지게 바라봤다. 우리 집 조금 위 계곡이 틀림없었다. 신기하기도 하고 반갑기도 했다. 그림이라는 것이 실생활과는 먼 아름다운 곳을 그리는 것이라 생각했는데 매일 아침저녁으로 보는 곳을 그리다니. 그림 속 계곡은 무릉도원이라도 되는 듯 아름다웠다. 나는 겸재의 그림을 보고 충격을 받았다. 온몸에 소름이 끼치며 머리가 빙 도는 것 같았다. 손가락 하나도 움직일 수 없을 정도로 감동적이었다. 그림 한 장이 때로는 백 권 책보다 더 인간의 마음을 움직일 수 있다는 것을 처음 알았다.

원래 청풍계는 푸른 단풍나무가 많은 곳이라는 뜻으로 그리 불렸지만 최근에는 푸른 바람이 부는 계곡이라는 뜻으로 말하기도 했다. 이름만으로도 가슴이 시원해지는 단풍나무, 소나무, 버드나무, 느티나무가 그림에 가득했다. 겸재는 이 계곡에 대한 감상을 따뜻하면서도 웅장하게 표현하였던 것이다. 단순히 어떤 것을 똑같이 그린 것이 아니라 그 속에 사람의 생각이 들어가 있고 감정이 녹아 있다는 느낌을 받은 것은 처음이었다.

"아, 진정 아름답습니다. 제가 살고 있는 곳이 이리 아름답다니요."

"한양은 풍수지리학에서 말하는 조건을 거의 완벽하게 갖춘 천하 으뜸의 명당이라네. 삼각산, 백악산, 인왕산, 남산이 주머니꼴을 하고 있지. 거기에 동쪽의 안암산, 서쪽의 안산, 남쪽의 관악산이 한 겹 둘러싸서 겹주머니 형태를 하고 있으니 천연의 요새라 할 만하지. 그러니 그 사이 펼쳐진 계곡은 어떻겠나? 기이한 바위와 맑고 찬 물 그리고 우거진 숲, 그 어느 나라에도 이리 아름다운 도성은 흔치 않을 것이네."

"그래도 모두들 중국 명산 그림을 우선시하지 않습니까?"

유수석이 마치 그런 사람이 옆에 있기라도 하다는 듯이 주먹을 쥐고 비분강개하자 겸재는 빙그레 웃었다.

"꼭 그렇지는 않네. 지금 조선의 화단도 변하고 있어. 중국 화풍의 좋은 점과 우리 산수의 아름다움을 조화시켜 더욱 조선답고 아름답고 우리의 혼이 담긴 그림을 그리려 노력하고 있다네. 나도 나 자신이 나고 지금껏 살고 있는 이곳 백악산과 인왕산을 그림으로 그려가고 있고. 점점 한양 곳곳과 양주, 용인, 파주 등으로도 시도 해볼 예정이네."

한동안 나는 '수성동'과 '인왕전도'란 제목이 붙은 그림 앞에서 눈을 뗄 수가 없었다.

"이보게. 그림에 구멍 나겠네. 이 사람. 그 그림 속에 어여쁜 선녀라도 숨어 있나? 하하하하."

유수석이 툭 치는 바람에 나는 정신이 돌아왔다. 혼이 나간다는 말이 정말 이런 경우를 두고 하는 말인지도 모르겠다고 생각했다. 내가 살고 있는 이곳의 중요함을 모른다는 것은 내 옆에 있는 사람들의 소중함을 모른다는 것과 마찬가지일 것이다. 조선의 경치, 그것이 바로 진경眞景이라는 겸재의 생각은 옳고도 존경받을 만하다고 생각했다.

집에 돌아와 자리에 누워서도 겸재의 그림들이 떠올랐다. 아직 잠자리에 들지 않고 윗목에서 버선을 깁고 있는 아내를 봤다. 내게 가장 소중한 사람일진대 언제 한 번 다정하게 말해본 기억이 없었다. 정이 없어서가 아니라 표현하는 방법을 모르는 데다가 어색했기 때문이다. 노력하면 될 것이다. 차차 그렇게 해야겠다고 생각하며 잠을 청했다.

여느 날처럼 또 호조로 찾아온 유수석은 뜬금없이 물었다.

"자네 호조 선혜청 아전으로 있는 김수팽이라는 자를 아는가?"

"이름은 들어보았지만 아는 사람은 아니네. 호조에 전설처럼 전해 내려오는 이야기가 있다는 말만 들었네만. 그런데 왜 그러나?"

"그자가 아주 걸물일세. 얼마 전에 이런 일이 있었다는구만."

유수석은 신이 나서 말을 했다.

"한 대신이 호조 곳간에 들어와 딸에게 노리개를 만들어준다며 나라의 보물로 만들어놓은 금 바둑알 한 개를 슬쩍 소매 속에 집어넣었다네. 하급 관리들이 보고도 못 본 척 눈감아주고 있었는데 그걸 본 김수팽이 갑자기 금 바둑알을 한 움큼 집어 소매 속에 넣었다는 거야."

"허."

"그러자 대신이 어리둥절해서 지금 뭐 하는 거냐고 물었겠지? 그러자 김수팽은 저는 딸이 다섯이나 되니 더 많이 가져가야 하겠습니다, 라고 말했다네. 하하하."

"허, 대신이 꽤나 무안했겠구만."

나도 모르게 웃음이 나왔다.

"암, 그렇고말고. 김수팽이 한 마디 더 했다더군. 비상시에 쓰려고 만들어놓은 금 바둑알을 너도 나도 하나씩 가져가면 나중에는 뭐가 남겠냐며 은근히 훈계를 하자 대감이 꽁지가 빠지게 도망갔다니 얼마나 창피했겠나, 아이고 하하하."

"서리라는 말단 관리지만 공직자로서 지켜야 할 도리를 잘 보여 주었구만."

"정말 깐깐한 관리가 아닌가? 하하하."

"그렇군."

"호조에 전해 내려오는 이야기는 무언가?"

김수팽이 급한 서류를 들고 호조판서 집에 찾아갔는데 호조판서 가 결제해야 할 공문서를 앞에 두고 손님과 바둑에 빠져 결제를 안 하고 있었다. 그러자 급하다고 몇 번이나 말하던 김수팽은 불문곡 직 대청마루로 올라가 바둑판을 엎어버렸다. 놀란 판서가 무슨 짓 이냐고 호통을 치자 김수팽은 땅바닥에 엎드려 죽을죄를 지었으나 결제부터 해달라고 했다. 판서도 양심은 있었던지 얼른 결제를 하 고는 저 건방진 서리에게 술상을 봐주라고 했다는 이야기다.

"나와 함께 김수팽을 만나러 가세."

"엉? 알지도 못하는 사람을? 어떻게?"

"태어날 때부터 알고 지내는 사람이 세상천지에 어디 있겠나. 다 인사하고 친하게 지내면 친구인 것이지. 나이도 우리와 비슷하다 고 하더구만."

수석은 며칠 뒤 김수팽과 함께 만날 자리를 만들었다.

"내가 그럴까봐 조마조마하더니만 그 사람이 술을 안 마신다네.

쩝. 만나서 술 한 잔 없이 맹숭맹숭 뭐, 국밥만 몇 그릇씩 퍼먹을 수도 없고, 에이."

수석은 술 한 잔 하며 밤새 얘기하고 싶은 꿈이 깨어져 풀이 조금 죽었으나 그 사람을 만나게 되었다는 데 기분이 한껏 들떠 만나면 물어볼 말들을 손꼽으며 기다렸다.

드디어 만나기로 한 날. 수석과 나는 광통교 쪽 국밥집으로 갔다. 그런데 국밥집에 들어가보니 김수팽과 그를 소개해준 역관은 벌써 술을 마시고 있는 중이었다.

"아니, 술을 못한다고 하지 않았나?"

내가 수석을 돌아보며 말했다.

"허허허, 그러게 말일세."

수석은 냉큼 자리에 올라 인사를 하며 술병을 잡아 비어 있던 김수팽의 잔에 가득 술을 따르고 자신의 잔도 내밀었다.

"약주를 못한다 들었소만 오늘은 어인 일로?"

"못하는 것은 아니오. 안 해서 그렇지."

과연 김수팽은 꽤 마신 것 같은데도 태도가 변함없이 꼿꼿했다. 술 마시는 이유를 말할 것 같지 않던 김수팽은 술자리가 두어 시간이 흐른 뒤에야 어렵게 말을 꺼냈다.

"내 오늘 오후에 선혜청 아전으로 일하는 세상에 하나뿐인 내 아우의 집에 들렀지 않겠소. 아우 집 마당에 웬 항아리가 늘어서 있더이다. 어려운 형편에 도움이 될까 하여 제수씨가 염색을 한다는 것이었소. 나는 대뜸 동생을 크게 꾸짖었지요."

"아니, 왜요?"

"나라의 녹을 받는 관리로 이런 장사를 하는 것은 도리가 아니다. 가난한 백성들은 그럼 무엇을 해서 먹고살란 말이냐고요. 아우는 곧 고개를 떨구고 잘못했다고 하더군요."

"거 그 정도면 착한 아우로군요. 곧바로 자신의 잘못을 인정하고 부끄러워하니 말이오."

수석이 말했다.

"그렇지요? 호호호."

김수팽이 웃는 소리가 꼭 흐느낌처럼 들렸다.

"호조서리 녹봉이 얼마인가는 두 분도 익히 알지요? 게다가 아우는 아이들이 많고 큰 아이가 심장에 고질병이 있소. 내 그의 처지를 모르는 바 아니면서 그리 호통을 치고 나오자니 마음이 몹시 아픕디다. 그러나 우리 어머니의 가르침을 거스를 수는 없었다오."

김수팽이 자신의 어머니에 대해 말하기 시작하자 모든 사람들은 묵묵히 들었다. 김수팽의 어머니는 젊어서 혼자되어 수팽, 석팽 형제를 키웠는데 살림살이가 곤궁하여 무척 고생했다. 어느 날 텃밭을 매던 어머니는 호미에 무언가 부딪히는 것이 있어 계속 밭을 파내려갔는데 한참 뒤 커다란 가마솥이 나왔고 뚜껑을 열어보니 안에 금은보화가 가득했다.

"아이구, 세상에나. 누가 거기 묻어두고 잊어버렸나?"

수석이 물었다.

"아마 누군가 묻어두고 아무에게도 말하지 못한 채 죽었거나 왜란 때 급히 피난을 갔거나 그랬겠지."

김수팽과 수석은 어느새 친구처럼 반말을 하고 있었다.

"나는 이제 고생은 끝이구나 생각하며 춤이라도 출 뻔했지. 그때 내가 열두 살이었고 아우는 아직 어렸다네. 그런데 어머니는 얼른 뚜껑을 닫더니 그대로 솥을 다시 밭에 묻어버리시지 않겠나?"

"아니 왜?"

수팽이 한 잔을 쭈욱 들이키자 수석도 질세라 단숨에 꿀꺽 마셨다.

"재물은 곧 재난이라고 하시며 무고히 큰 재물을 얻게 되면 자식들이 안일해져 공부를 소홀히 하게 될 것이고 그것이 바로 자식을 망치는 길이라고 하셨네. 가난한 사람이라야 돈의 진정한 가치를 알게 되는 것이라고 하시면서."

말을 마친 수팽이 술을 들이켰다.

"그 뒤로도 그 솥은 다시는 파지 않았단 말인가?"

"어머니는 그 길로 집과 밭을 팔고 다른 먼 곳으로 이사를 했네. 그 솥이 어떻게 됐는지는 전혀 모른다네."

"훌륭한 어머니로세."

"그 어머니가 오늘의 자네를 만들었군그래."

유수석은 김수팽 옆으로 바짝 다가앉으며 눈을 가늘게 떴다.

"그런데 이보게. 임금이 십만 냥을 당장 가져오라고 했는데 자네가 안 가져갔다는데 사실인가?"

"십만 냥은 무슨."

수팽은 피식 웃었다.

"사실이 아니란 말인가?"

"십만 냥이라고 소문이 난 모양이네만 사실은 이만 냥이었네."

"그럼 사실은 사실이구만."

"내탕고의 돈은 밤에는 인출이 안 되는 것이 법 아닌가. 그것이 원칙이지. 그런데 한밤중에 내관이 와서 왕의 명령이라며 당장 이만 냥을 내놓으라고 하지 않나. 내 아무리 안 된다고 해도 막무가내지 뭔가. 할 수 없이 소속 상관에게 결재를 받아오겠다며 궁궐 밖으로 나가자 내 속셈을 알아챈 내관이 그랬다가는 살아남지 못할 것이라고 으름장을 놓았지. 나는 이리저리 다니며 시간을 끌다가 아침이 되어서야 들어갔다네."

"옳거니."

"아침이 되어 궁으로 들어갔더니 임금이 한밤중에 궁녀에게 빠져서 이만 냥을 내리려 하셨는데 아침에 일어나 곰곰이 생각해보고 명을 철회하셨다는 거야. 나중에 내가 일부러 늦장을 부렸다는 말을 듣고는 임금께서도 잘했다며 칭찬을 하셨네.”

“하하하하.”

유수석은 박장대소했다. 나도 그의 기개와 기지가 가상하여 절로 웃음이 나왔다. 네 사람은 김수팽을 격려하고 칭찬하다가 호조의 부패에 대해 함께 분노하며 늦도록 술을 마셨다.

얼마 후 호조판서로 정순홍 대감이 임명되었다. 아침 조회 때 정대감은 신뢰를 지키지 않으면 불신이라는 칼날이 다시 자신을 향해 온다면서 호조 관리가 지켜야 할 것에 대해 말했다.

“관리가 지켜야 하는 사불삼거四不三拒라는 말이 있다. 사불은 하지 말아야 할 네 가지다. 첫째, 부업을 갖지 않는다. 둘째, 땅을 사지 않는다. 셋째, 집을 늘리지 않는다. 넷째, 재임한 곳의 명산물을 먹지 않는다. 삼거는 거절해야 할 세 가지다. 일거는 윗사람의 부당한 요구를 거절한다. 이거는 부득이 요구를 들어줬다면 답례를 거절한다. 삼거는 경조사의 부조를 거절한다. 호조 관리들이 명문세족과 작당하여 조세를 부당하게 거둬 결국 양민을 착취하고 있는 작금의 현실을 그대로 둘 수 없다. 만약 내 임기 시 그런 사례가 적발되면 결단코 나의 판서직을 걸고 가만두지 않겠다.”

나는 이제야 호조판서로 적임자가 부임했다 싶어 가슴을 쓸어내렸다.

"또한 조세포탈을 하는 양반이나 호조 관리는『경국대전經國大典』『속대전續大典』에 근거하여 곤장 백 대를 때리고 변방으로 유배 보낼 것이다. 명문세족들이 호조의 아전들에게 뇌물을 주고 토지 등급을 낮추거나 재해로 인해 생산량이 축소되었다고 거짓 보고한 뒤 부당한 이득을 취하고 있는 것을 알고 있다. 양반에게 뇌물을 받고 그들에게 이익을 주는 관리는 가만두지 않겠다. 돈 몇 푼에 관리로서의 명예에 먹칠을 하는 짓이다."

곤장 백 대를 맞고 살아나기는 힘들다. 그만큼 과하다고 할 만한 법이지만 지금껏 지켜진 적은 없었다. 조세포탈이 적발됐다 하더라도 촌지 몇 푼으로 해결되기 십상이다. 하지만 이번 호조판서는 그리 녹록해 보이지 않았다.

"이번에 대대적인 양전量田*을 실시해 새로운 양안量案**을 작성할 것이다. 마침 양전을 한 지 이십 년이 가까워오니 실시할 때도 되었다. 몇 달간 각 도의 아전들과 연계하여 조사할 것이니 만전의 준비를 하도록 하라."

"예."

내가 슬쩍 주변 사람들의 얼굴을 보니 벌레 씹은 낯빛을 하는 사

---

*　토지 측량조사
**　조세 부과를 목적으로 토지를 측량해 만든 토지대장

람들이 여럿 있었다. 자신들이 그동안 취한 이득이 사라질까봐 걱정하는 한편 그동안의 악행이 만천하에 드러날까봐 전전긍긍하는 것 같았다.

호조판서는 한 달간 호조의 업무를 파악한 뒤 바로 양전을 실시했다. 또한 경창*과 각 조창**을 방문하여 조세로 받은 곡물과 생산물을 기록 대장과 현물이 일치하는지 조사했으며 조세로 받은 작물의 상태가 어떠한가도 살펴보았다.

각 강창은 전국 각지에서 조운을 통해 들어오는 세곡을 직접 수납·보관하고, 각 창은 관장업무에 따라 광흥창의 곡식은 관리의 녹봉으로, 풍저창의 곡식은 정부의 제반경비로, 또한 군자감의 곡식은 군량미로 충당되었다. 먼저 광통교 부근 군자감에 나갔는데 나도 동행했다.

"산학교수 홍정하는 하루 수업을 다른 사람에게 맡기고 나와 함께 군자감에 가서 그곳의 장부를 대질하도록 하자."

호조판서와 함께 군자감에 도착했을 때 그곳 관리들은 대낮부터 불콰하니 취해서 술을 마시고 있었다.

---

* 조선시대 한양에 설치된 세곡 저장창고
** 조창은 한양의 경창을 제외하면 충주의 가흥창, 원주의 흥원창, 춘천의 소양강창, 배천의 금곡포창, 강음의 조읍포창, 아산의 공진창, 용안의 덕성창, 영광의 법성창, 나주의 영산창 등 9개가 있었다.

"뭣들 하느냐? 호조판서 나으리시다."

술을 마시던 관리들은 대경실색하여 땅바닥에 엎드려 벌벌 떨었다.

"백성들로부터 받은 피 같은 세금을 관리해야 할 아전들이 대낮부터 이게 무슨 짓인가!"

호조판서는 당장 장부를 가지고 오라고 호통을 쳤다. 술 취한 중에도 비틀거리면 안 된다고 생각했던지 관리들은 얼른 일어나 장부를 가지고 달려와 연신 머리를 조아렸다.

"창고로 앞장서라."

호조판서는 장부를 나에게 넘기고 관리 뒤를 따라 창고로 갔다.

"이 자리에서 당장 장부와 물건을 대조해라."

"예."

장부는 엉망이었다. 모든 물품이 턱없이 모자랐다. 그대로 보고를 하자 호조판서는 발을 구르며 호통을 쳤다.

"이놈들을 당장 압송하고 이곳은 다른 관리들이 대신 근무하도록 하라."

열흘 뒤 광흥창에 조사를 하러 나갔다. 광흥창의 곡식은 관리의 녹봉으로 쓰이고 있었다. 나도 녹패를 가지고 녹봉을 받으러 자주 오갔기 때문에 낯익었다.

도착해보니 모든 관리가 긴장한 채 제대로 근무하고 있었다. 장부와 물량도 대질 조사했더니 내용이 딱 들어맞았다. 벌써 모든 창고에 소문이 난 모양이었다. 이곳에서 비리를 잡아내기는 힘들 것 같은 생각이 들었다.

"저 가마니를 열어라."

그때 정순홍 대감이 가마니 하나를 가리키며 명령을 내렸다.

"나으리."

광흥창 우두머리의 얼굴이 삽시에 사색이 됐다. 뭔가가 있구나 하는 생각이 들었다.

"어서."

할 수 없이 관리 둘이 쌀가마니를 들고 와 세운 뒤 열었다. 그 안에서 거무스름하게 썩어가는 쌀이 나왔다. 자세히 보니 모래와 회반죽을 잘게 부숴 넣어 무게와 부피를 늘린 것이었다. 손으로 만져보니 축축하기까지 했다.

"이것이 무엇인가? 쌀이 왜 이런가?"

정순홍 대감이 관리에게 물었다.

"나으리. 죽을죄를 졌습니다."

"이런 천하에 나쁜 놈들. 관리들에게 녹봉으로 줄 곡식을 뒷구멍으로 다 빼돌려 이익을 얻고 있는 것을 모를 줄 아느냐? 수량이 비는 것이 들통날까봐 멀쩡한 쌀을 이 지경을 만들다니. 이런 쌀을 빌려주고 받을 때는 멀쩡한 쌀로 이자를 톡톡히 받아 너희들 배를 불렸구나."

　며칠이면 모든 조창에 소문이 날 것이다. 군자감과 광흥창 두 곳을 감사한 것은 상징적인 행동이었다. 새로운 호조판서가 왔으며 더 이상 이런 부정부패를 묵인하지 않겠다는 선전포고였다. 나는 마음속으로 신이 났다. 나라의 녹을 받는 관리로서 양심에 거리끼지도 않고 태연히 그런 짓을 하는 관리들 때문에 그동안 분통이 터진 적이 한두 번이 아니었다.

　이제 호조에도 제대로 된 관리가 온 것 같아 마음이 놓였다.

산학서 집필의 위기

며칠째 잠을 제대로 이루지 못하고 하룻밤에도 몇 번씩 깨 뒤척였다. 두통과 미열이 있고 속이 메스꺼우며 온몸이 가라앉는 것처럼 무거웠다. 계절이 바뀌는 때라 몸이 적응하느라 그런 것이라고 생각하며 무사히 가라앉기만 기다렸다. 그런데 며칠이 지나도 나아질 기미가 보이지 않았다.

음식을 먹고 탈이 난 것도 아니었다. 원래 어려서부터 소식하는 그는 무슨 음식이고 많이 먹는 적이 없었다. 하루 종일 굶어도 배가 고파 죽겠다는 생각이 드는 적도 없었다. 어려서는 할머니와 어머니가, 혼인을 해서는 아내가 입이 짧은 그 때문에 애를 태웠다. 어머니는 그러니 키가 안 큰다며 먹으라고 종주먹을 대기도 했지만 많이 먹으면 오히려 속이 부대껴 하루 종일 고생을 하는 것을 알고는 한숨만 쉬었다. 보통 하루 두 끼를 먹지만 하루 한 끼만 먹는 날도 많았다.

"당신 같으면 흉년에도 곡식 걱정할 필요는 없겠네요."

아내는 걱정을 하다못해 언젠가 이렇게 불평스레 말했다. 혼인 초에는 입맛이 안 맞아 그러는 줄 알았던 아내도 점차 그가 음식을 극도로 조금밖에 먹지 않는다는 사실을 인정할 수밖에 없었다. 그렇다고 그가 음식을 가리는 것은 아니었다. 조금 먹어서 그렇지 싫어하거나 못 먹는 음식은 별로 없었다. 소식을 해서 그런지 음식 때문에 탈이 나는 적도 거의 없었다. 그런데 며칠 동안 안 좋더니 드디어 어느 날 단단히 탈이 나고 말았다. 온몸에 끈적끈적한 식은땀이 나고 불덩어리처럼 열이 났다.

"이상하네. 오늘이라고 많이 먹은 것도 아니고 상한 것을 먹은 것도 아닌데."

혼잣말을 하며 변소에 가서 몇 차례나 토하고 설사도 했다. 그러고 들어와도 잠시 뒤면 또다시 속이 부글거렸다. 새벽녘에는 온몸이 불덩어리처럼 뜨겁고 축 처져서 정신을 잃을 지경이었다. 이부자리가 흠뻑 젖을 정도로 식은땀이 났다.

아침밥을 지으러 온 간난 어멈이 평상시와 달리 그가 늦도록 일어나지 않자 이상하게 생각했던지 방문 앞에서 불렀다.

"어르신. 일어나셨습니까?"

간난 어멈의 목소리는 들리나 대답할 기력도 없었다.

몇 번을 더 부르던 간난 어멈은 조심스레 방문을 열었다.

"어디 편찮으십니까?"

방안 어둠에 익숙해지자 간난 어멈은 앓아누워 축 처진 그를 봤다.

"에구머니. 무슨 일이십니까?"

"먹은 게 탈이 난 모양일세. 따뜻한 물 좀 주게."

"예예. 아이고, 어제 반찬이 상했나요?"

간난 어멈이 따뜻한 물을 가져오고 나서 어디가 어떻게 아픈지 자세히 물었다.

"간난 애비한테 얼른 의원을 모셔오라고 할게요."

"고맙네."

간난 애비가 버들무지까지 가서 의원과 함께 왔다. 진맥을 한 의원은 내 얼굴을 물끄러미 바라봤다.

"무슨 병인가요?"

간난 애비가 물었다.

"비즉기소."

"비즉기소요?"

웃대에 살 때 의원들과 만난 적이 더러 있어 얻어 들은 풍월이 있었다.

"무슨 그리 슬픈 일을 당하셨소? 한마디로 몸이 슬픔에 겨워 물에 빠진 사람처럼 축 처져 있는 상태입니다."

말로는 아무리 아니라고 해도 낯빛과 오장육부와 팔다리는 마음의 상태를 그대로 나타내고 있었다. 몸은 부정할 수 없는 모양이었다.

"거기에다 사즉기결이라."

"……."

"생각이 너무 많아 기가 맺혔다는 뜻입니다. 지금 무슨 일을 하는지 모르겠지만 당분간 즐겁게 생각하고 섭생을 잘하면서 좀 쉬십시오."

"하는 일도 별로 없소만."

"본인이 잘 알 겁니다. 쉬지 않고 강행하면 하고자 하는 일을 끝마치지 못할 수도 있습니다."

의원이 가고 난 뒤 간난 어멈이 풍로에 약을 달여 가져왔다. 약을 먹고도 좀체 몸은 나아지지 않았다. 그동안 몸이 많이 약해져 있었던가 보다. 당분간 산학 수업을 못 한다고 아이들에게 일러두게 하고 방에 누워만 있었다. 밥을 해주는 간난 어멈을 빼고는 병문안을 온 큰남이와 몇 마디 말하는 것 말고 거의 대부분 쉬면서 지냈다.

큰남이는 농사를 짓느라 힘이 들어 그런지 그보다 열 살은 더 먹어 보였다. 머리가 하얗게 센 것은 물론이고 얼굴도 굵은 주름이 가득했다. 아직 오십도 안 됐는데 그랬다. 그래도 노동으로 다져진 몸이라 근력은 좋았다. 그가 남양으로 내려왔을 때에도 제일 먼저 찾아와 도와줄 것이 없나 앞뒤로 돌아다니며 살펴주었다.

"어릴 때부터 골골하더니만 지금도 이렇게 아프네그려."

농담처럼 말했지만 친구의 병이 마음에서 온 것이라는 것을 알고 있는 큰남이의 얼굴에 안타까움이 가득했다.

"걱정 말게. 골골 팔십이라 하지 않던가?"

"그려. 얼른 툭툭 털고 일어나게."

사흘 되던 날 아침에 간난 어멈이 죽을 쑤러 왔다가 그를 불렀다.

"누가 왔었남요? 여기 뭘 두고 갔네요."

빙빙 도는 머리를 간신히 들고 천천히 나가보니 맛과 백합조개였다.

"아이고, 싱싱해라. 누가 갖다 놨을까? 꽤 많네요."

"글쎄."

"백합으로 죽을 쒀야겠네요."

"나 먹을 거 조금 남기고 간난네 갖다 먹게. 싱싱할 때."

"아이고, 아닙니다. 누가 가져다 둔 건지도 모르는데."

"대문 안에 들어와 부엌에 두고 갔으면 이 집 사람 먹으라고 가져온 거겠지. 나 혼자 쌓아두고 먹다가 상하면 되겠나? 얼른 가져가 먹게."

"고맙습니다."

몇 번 더 그런 일이 있자 그는 아침 일찍 일어나 밖의 기척에 귀를 기울였다. 며칠 뒤, 대문이 살며시 열리는 소리가 들렸다. 그는 방문을 살짝 열고 밖을 봤다. 밖은 아직 해가 뜨지 않아 어두웠다. 누가 바가지를 들고 살금살금 들어오더니 부엌문을 열고 들어갔다 가 바가지는 두고 나왔다.

"누구냐?"

그 사람은 깜짝 놀라 우뚝 섰다. 마루로 나온 그는 다가와 고개 를 숙여 인사하는 그 사람을 보고 웃었다.

"내 너라고 짐작은 했다만."

동이였다.

"스승님. 건강은 어떠십니까? 걱정이 되어서……."

"그만하다. 나이가 있으니 단번에 훌훌 털고 일어날 수야 있겠 니? 며칠 지나면 나아지겠지. 이 시각에 오려면 도대체 너는 언제 뻘에 갔단 말이냐?"

"요즘은 보름이 지난 지 얼마 안 돼 어둡지 않습니다. 저희 동네 에서는 뻘이 가깝고요."

"고맙다. 네가 잡아온 백합조개로 죽을 쒀 먹고 입맛을 찾았다. 잠깐 들어와 보거라."

"예? 아, 아닙니다. 뻘에서 대충 씻고 나와 발이 지저분합니다."

"괜찮다. 어서 들어와라."

동이는 발을 한 번 다시 들여다보고 바지에 문지르고 방으로 들어왔다.

"내가 당분간 수업을 못 할 것 같다. 그 대신 너에게 주려고 이 문제를 써놨다. 혼자 있을 때 풀어보거라. 그리고 다 풀면 오거라. 그 전에 오면 조개고 생선이고 내가 받지 않을 것이야."

"예, 스승님. 알겠습니다."

"어디 한 번 문제를 읽어보아라."

동이는 넙죽 절을 하고 종이를 받아 읽었다.

지금 한 부인이 냇가에서 그릇을 씻고 있다. 옆에 있던 사람이 웬 그릇이 그리 많으냐고 물으니 부인이 답하기를 집에 손님이 셀 수 없이 많이 와서 세 사람이 한 그릇의 밥을 같이 먹고 네 사람이 한 그릇의 국을 같이 먹고 다섯 사람이 한 그릇의 고기를 같이 먹었더니 그 그릇 수가 총 94개입니다, 라고 했다. 손님의 수와 밥그릇, 국그릇, 고기그릇의 수는 각각 얼마인가?

"그래. 잘 읽었다. 너희 집이 주막이라 그런 문제를 냈다. 한번 풀어보아라."

"예. 알겠습니다."

"풀기 전에는 오지 말란 말 명심하고."

"예."

동이는 종이를 소중하게 안고 집으로 돌아갔다.

"흥흥, 녀석. 아마 쉽게 풀기는 어려울 것이다."

그는 멀어져가는 동이의 모습을 담 너머 바라보며 미소를 지었다.

과연 동이는 며칠 동안 오지 못했다. 주막 일을 돕는 틈틈이 문제를 풀려니 풀릴 듯 풀릴 듯 풀리지 않는 모양이었다. 스승의 뜻을 어기고 생선만 가져다 놓을 수는 없을 터. 스승이 바라는 것은 그것이 아니라는 것을 잘 알 것이다.

"처음 보는 문제라 손도 못 댈 정도면 아예 포기를 하겠는데 그런 것은 또 아닐 테고. 분명히 풀 수 있을 것 같은데 좀체 풀리지 않으니 애가 탈 것이다. 허허허."

그는 혼잣말을 하며 동이의 모습을 그려봤다.

며칠 뒤 깜깜한 밤이었다.

"스승님."

대문을 열고 그의 집으로 들어서던 동이는 마당에서 멈칫 섰다.

"아차."

스승의 방은 이미 불이 꺼져 깜깜했다. 동이는 살금살금 다시 뒤돌아섰다.

"누구냐?"

그때 방에서 그의 목소리가 들려왔다.

"스승님, 저 동이입니다."

"그래. 잠시 기다려라."

"아, 아닙니다. 죄송합니다. 제가 그만 시각이 이리된 줄도 모르고. 내일 아침 다시 찾아뵙겠습니다. 안녕히 주무십시오."

"아니다. 들어오너라."

곧 방안에 등잔불이 밝혀졌다.

"스승님, 아닙니다. 고단하실 텐데 내일 아침에……."

"아니다. 하는 일도 없으니 잠도 잘 안 오는구나. 네가 이리 한밤중에 쫓아온 걸 보니 문제를 푼 것 같은데. 나도 궁금하구나. 어서 들어와라."

"예, 그럼."

동이가 들어와 절을 하고 앉자마자 그는 얼른 답을 하라고 재촉했다.

"그릇 숫자에 3명, 4명, 5명을 서로 곱하면 5640이 됩니다. 이것을 실로 합니다. 다시 3명, 4명, 5명을 두 수씩 곱하여 각각 12, 20, 15가 나오면 이 세 수를 합하여 47이 됩니다. 이것을 법으로 하여 나누면 손님의 수를 얻을 수 있습니다."

"그래, 손님의 수는 몇이냐?"

"120명입니다."

"그래. 그럼 그다음 그릇 숫자는 쉽겠구나."

"예. 손님 수 120명을 3으로 나누면 밥그릇 수 40개가 나오고 국그릇 수는 4로 나누면 30개이며 고기그릇은 24개입니다."

"잘했다. 단번에 풀었느냐?"

"웬걸요. 오늘까지 못 풀다가 겨우 풀었습니다. 닷새 동안 그 문제만 생각하느라 그릇을 깰 뻔한 적이 여러 번 있었는걸요."

"어머니한테 혼나지 않았느냐?"

"아닙니다. 어머니도 얼른 문제를 풀라고 하셨습니다. 원래 저희 어머니는 공부하는 것에 대해서는 화를 내지 않습니다."

동이는 조금 망설이더니 말을 이었다.

"제가 산학 수업을 하고 오면 늘 동생과 어머니 앞에서 설명을 합니다."

그는 고개를 끄덕이며 웃었다.

"네 동생은 아직 젖먹이가 아니냐?"

"예. 그래도 그날 배운 것을 정확히 알고 넘어가야 한다고 하셨지 않습니까? 동생이나 어머니가 알아듣지는 못하지만, 그래서 더 쉽게 설명을 하다 보면 제가 더 정확히 알게 되더라고요. 수업 시간에 안다고 생각했던 것도 사실은 정확히 알고 있지 못하면서 안다고 착각했다는 것을 깨달을 때도 여러 번이었습니다. 그래서 이제는 수업 끝나고 저녁에 동생과 어머니 앞에서 설명을 하는 것이 습관이 되었습니다."

"그래? 잘하고 있구나. 그러면 이 문제는 어떻게 풀었는고?"

"그게, 하루 종일 그 문제만 생각했는데 어느 순간 별이 반짝 하는 것처럼 푸는 방법이 떠오르지 뭡니까. 정말 번갯불이 번쩍 하는 것처럼 깨달음이 왔습니다. 뭐라 설명할 방법이 없습니다만……."

"그래. 나도 알 것 같구나."

자신이 어렸을 때 처음 느꼈던 순간을 동이도 맛봤다고 생각하니 말할 수 없이 기뻤다.

"살면서 그런 순간을 많이 만나야 한다."

"예, 스승님."

"잠깐 기다려라. 내가 너에게 줄 다음 문제를 적어놓았다. 이번에도 문제를 풀어야만 우리 집에 올 수 있다."

"예. 스승님."

"자, 이것이다. 읽어보아라."

하늘의 모양은 지극히 둥글고 땅을 에워싸서 왼쪽으로 하루에 한 바퀴씩 돈다. 해와 달은 하늘과 더불어 가나 하늘의 움직임보다 늦다. 따라서 해는 하늘보다 1도 모자라고 달은 하늘보다 13도 19분의 7도 모자란다. 해와 달의 차이는 얼마인가?

문제를 읽은 동이는 전혀 짐작도 할 수 없다는 표정으로 그를 바라봤다.

"그래. 천천히 잘 풀어보아라."

"예, 스승님."

"동이야."

그만 돌아가려던 동이는 다시 그의 앞에 앉았다.

"너는 사람이 왜 학문을 하려고 한다고 생각하니?"

"예?"

"어렵게 익힌 학문도 시간이 지나면 잊어버리게 된다. 한 번 배웠다고 항상 두뇌 속에 있는 것이 아니지. 배워도 잊어버리고 또 익혀도 잊어버리고. 그런데 왜 사람은 고생해서 배우려고 하는 걸까?"

"……."

동이는 대답할 말이 떠오르지 않는지 멀뚱히 그만 바라봤다.

"네가 공부를 하면서 항상 생각해보거라. 너는 왜 배우려고 하는지. 다른 사람들은 또 왜 배우려고 하는지."

"예, 스승님."

"너와 나, 우리 모두는 씨 뿌리는 사람이다. 이 세상에 씨를 뿌리러 온 것이다. 내가 좋은 씨앗을 백 알을 뿌렸다 하더라도 새가 모두 쪼아 먹을 수도 있고 땅이 거칠어 싹을 틔우지 못할 수도 있고 가물어 말라 죽을 수도 있다."

동이는 가만히 스승의 말을 경청했다.

"그래도 우리는 씨를 뿌려야 한다. 씨가 열매를 맺지 못할까 걱정하여 씨를 뿌릴지 말지 고민해서는 안 된다. 우리가 뿌린 씨앗 중에 하나라도 잘 자라 수백, 수천 개의 열매를 맺는다고 생각해 보아라. 그 씨앗은 또 계속 자신의 후손을 이어갈 것이다."

"예, 스승님."

동이는 무언가 할 말이 남아 있는 것 같았다.

"할 말이 있으면 해보거라."

"지난번에 세종대왕 말씀을 하지 않으셨습니까?"

"그랬지."

"저어, 그저 여쭈어보는 것입니다만 세종대왕께서 훈민정음을 만들지 않으셨습니까?"

"그래."

"그런데 왜 산학서를 쓸 때 그 글로 쓰지 않는지요?"

"응?"

"산학도 어려운데 문제마저 뜻을 알 수가 없으니 일반 백성이 공부할 수 없는 것 아닌가요?"

"……."

그는 갑자기 말문이 턱 막혔다. 딱히 한문이 정음보다 우월하다고 생각하지 않았다. 그가 『논어』를 끼고 살펴보는 이유는 그것이 한문이라서가 아니었다. 거기 쓰인 공자의 사상을 읽었던 것이다. 하지만 정음으로 산학서를 쓸 생각은 단 한 번도 해보지 못했다. 자신도 모르게 한문을 더 우월하다고 생각했는지도 모를 일이다. 대답 없이 골똘히 생각에 잠긴 그의 모습을 본 동이는 어쩔 줄 몰라 했다.

"제가 쓸데없는 것을 여쭈었습니다. 그만 가보겠습니다. 스승님, 편히 주무십시오."

절하고 나가는 동이를 보며 그는 오랫동안 생각에 잠겼다. 산학서를 다 쓰고 난 뒤에 훈민정음으로 한 권 써볼까 생각했다. 공부도 할 겸 동이를 시켜도 되겠다는 생각이 들었다.

산학청에서 취재 시험을 준비하던 학생들을 가르칠 때보다 동이에게 더 마음이 갔다. 자신이 이 세상에 와서 뿌린 씨앗 중 가장 굵은 씨앗은 아마도 동이일 것이다. 아니, 어쩌면 동이는 아이의 모습을 하고 온 자신의 스승인지도 모른다고 그는 생각했다. 아직도 아이들이 따돌리느냐고 묻고 싶었다. 살아오는 동안 어른만큼 아이들도 잔인할 때가 있다. 별것도 아닌 걸로 몇 달째 자신들 속에 끼워주지 않는 아이들의 옹졸함이 짐승들 세계의 야성으로 보이기도 했다. 혼을 내줄까 생각한 적도 있으나 그렇게 되면 동이는 더욱 산학을 배우러 오기 힘들 것 같아 꾹꾹 눌러 참았다.

넌지시 그렇게 참지만 말고 아이들과 맞서라고 하고 싶은 마음이 굴뚝같았지만 그냥 바라보기로 했다. 동이 스스로 해결해야 하는 일이다. 이 세상을 살아가는 동안 수많은 문제에 부딪힐 텐데 그 때마다 조언을 해주거나 해결을 해줄 누군가가 존재하는 사람은 없다. 정도의 차이는 있지만 모두들 자신의 인생은 서툴더라도 자기 스스로 헤쳐 나가야 할 것이다.

이튿날 집을 나섰다. 마을을 내려가며 들판을 보니 벼들이 제법 누렇게 익어가고 있었다. 한 달쯤 지나면 추수를 해도 될 듯 보였다. 논두렁을 지나갈 때 메뚜기와 개구리들이 풀썩 뛰어나와 밟지 않으려 조심하며 천천히 걸었다. 가끔 물뱀이 벼 사이로 헤엄쳐 지나가기도 했다. 날씨가 더 싸늘해지면 아무래도 집에서 수업을 해야 할 테지만 아직은 밖이 좋아 그는 정자에서 계속하고 있었다.

모퉁이를 돌아가려는데 아이들 소리가 들렸다. 산학 수업을 듣는 아이들 같았다. 함께 가자고 앞으로 나서려다가 그는 발을 멈췄다. 다투고 있는 것 같았기 때문이다. 네 명이 동이 한 사람을 따돌리고 괴롭히는 것을 본 적이 처음은 아니다. 몇 번이나 그런 일이 있었지만 그는 나서지 않았다.

이번에도 나무 뒤에 몸을 가리고 아이들을 살펴봤다. 그가 있는 곳에서는 아이들의 모습이 잘 보였지만 아이들 편에서는 나무에 가려 보이지 않을 자리였다.

"야, 이 거지야."

동이에게 이렇게 말하는 것은 아마도 이준이인 것 같았다.

"내가 왜 거지야?"

"이 거지야. 돈도 안 내고 공부하러 다니니까 거지지. 우리는 다 돈 내는데 너는 왜 그냥 다녀?"

아이들 부모들이 수업료를 못 낼 형편도 아니고 또 수업료를 내지 않고 수업을 받는 것은 배움을 귀하게 여기지 않을 우려가 있어 그는 꼬박꼬박 수업료를 받아왔다. 하지만 그 돈은 간난 어멈을 통해 마을의 굶는 사람들에게 몰래 나눠줬다. 큰 욕심 부리지 않는다면 먹고사는 것에 걱정 없을 정도의 재물은 있는 그였다. 굶는 사람이 부지기수인데 그것만 해도 호강이다. 더구나 아무것도 남기지 않고 가고 싶어 재산을 불리지 않았다. 좋은 산학책을 완성하는 것만이 지금의 그에게 남은 유일한 소망이었다.

"썩 꺼지라구. 선생님이 불쌍해서 잘 해주니까 네가 잘나서 그런 줄 아냐?"

"그러니까 말이야. 주제 파악을 못 하는 꼴하고는."

형편이 웬만하다면 수업료를 안 낼 리가 없는데 동이 집 형편이 영 나쁜 모양이었다. 수업료를 못 낸다 해도 그와 동이 사이의 일이니 자신들과는 상관없는 일인데도 아이들은 마치 자신이 손해라도 보는 듯 적대감을 드러냈다. 동이가 언제까지 당하고만 있을지 그는 답답했다.

"술 파는 주모 아들 주제에. 너희 어머니 술만 파시냐? 혹시……."

이준이의 빈정거리는 말이 끝나기도 전에 동이는 꼭 쥔 주먹을 이준이의 콧잔등을 정조준하고 날렸다.

"으악."

아이들도 놀라고 그도 놀라 달려나갈 뻔했다. 이준이의 코에서 는 코피가 줄줄 흐르기 시작했다.

"다시 한 번 말해봐!"

동이의 눈은 이글이글 불타고 있었다. 다른 세 아이도 달려들지 못하고 두 아이를 번갈아 바라보기만 했다.

"엇쭈. 날 때렸어?"

코피를 손등으로 닦은 이준이가 동이에게 달려들자 동이는 이번 에는 그대로 이준이를 논두렁에서 논으로 밀어버렸다.

"어어어."

이준이는 그대로 논으로 자빠지고 말았다.

"너어어?"

다른 세 명은 한꺼번에 동이에게 달려들까 말까 망설이는 모양 이었고 동이는 주먹을 풀지 않고 아이들을 노려봤다.

"참는 것도 한도가 있어. 또 한 번 그랬다간 누구라도 가만 안 둘 거야."

동이는 아이들을 한 명 한 명 노려보고 먼저 자리를 떠났다. 동이가 간 뒤 아이들은 분통을 터트렸다. 이준이는 할 수 없이 옷을 갈아입으러 집으로 뛰어갔고 나머지 아이들은 천천히 정자로 향했다. 그는 조금 더 앉아 있다가 아무것도 모르는 척 정자로 갔다.

"어흠."

그가 헛기침을 하자 동이와 아이들은 얼른 일어나 읍을 했다. 아직 이준이는 오지 않았고 네 아이는 서로 외면하고 있었다.

"무슨 일이 있었니?"

"아, 아니요?"

제일 작은 이상이가 얼른 대답했다. 일러바치지 않는 것을 보니 그나마 다행이라는 생각이 들었다. 싸웠을망정 누가 잘못했는지를 알고 있다는 것이니까 말이다.

"그래. 이준이가 오면 수업을 하자꾸나."

잠시 뒤 이준이가 헐레벌떡 달려와 정자에 올랐다. 그는 아무것도 모르는 척 수업을 마쳤다.

"오늘 일찍 집에 돌아가 해야 할 일이 있는 사람 있느냐?"

"……."

"그럼 조금 늦게 가도 다들 괜찮으냐?"

"예."

"그럼 함께 산책이나 하자꾸나. 한양에서는 산책하는 것이 유행이라고 하는구나. 도성을 일삼아 걷는 사람들이 하나둘 늘어가고 있단다."

"뭐 하러 할 일 없이 쏘다닌답니까?"

"글쎄. 천천히 걸으면 다른 것을 볼 수 있겠지. 겸재 영감도 금강산을 천천히 걸으면서 많은 것을 깨닫고 그걸 그림으로 그렸다고 말해주셨지."

그는 정자에서 내려와 마을을 지나 비봉산 쪽으로 갔다. 산에 오르기 시작해서 얼마 지나지 않아 진관사라는 작은 절이 나왔다.

"절에 가시게요?"

"아니다. 그저 여기까지 왔다."

진관사 일주문 앞에 커다란 느티나무 다섯 그루가 있었다. 수령이 족히 삼백 년은 되어 보이는 우람한 나무였다. 혼자 있지 않고 함께 있으니 더욱 아름다웠다.

"여기 앉자."

느티나무 그늘에 앉아 땀을 식혔다.

"저 느티나무들이 어떻게 보이느냐?"

연한 감빛으로 단풍이 들기 시작한 느티나무는 꽃보다 아름다웠다.

"멋있습니다."

"예쁩니다."

예쁘다는 말이 사내답지 않다고 생각했던지 아이들이 서로 마주

보고 웃었다.

"그래. 내가 시가 절로 떠오르는구나. 한 수 읊을 테니 들어봐
라."

진관사 앞 느티나무는 왜 아름다운가

진관사 일주문 앞 느티나무

삼백 년을 살아냈다는 그 나무를

찬찬히 올려다본다

똑바로 뻗어 나간 매끈한 가지는

단 하나도 없다

구부러지고 뒤틀리고

휘고 옹이 지고

커다랗게 움푹 팬

둥근 구멍까지

그렇게 될 적마다 나무는

얼마나 오랫동안

홀로 울었을까

아이들이 무언가 골똘히 생각하며 가만히 시를 듣고 있었다. 사

람 관계도 상처 없이 매끈하기만 하면 아름다운 결실을 맺기 힘든 것이라고 말하려다 그만두었다. 스스로 깨달을 것도 누가 일러주면 시큰둥해지기 마련이다.

"자, 진관사에 들러서 물이나 한 바가지 마시고 가자."

말이 떨어지자 준하와 이준이가 앞서 후다닥 달려갔다. 바람이 불자 진관사 대웅전 처마에 매달린 풍경이 맑고 경쾌한 소리를 냈다.

진정한 벗

산학자 모임에서 수석은 술이 많이 취했다.

"겸재 영감한데 가세."

"취한 것 같은데? 다음에 가세."

"할 말이 있다네."

"겸재 영감한테?"

"그렇네. 영감이 너무 순진하셔서 세상 물정을 모르신단 말이지. 내 답답하여 꼭 이 말을 전해 드려야겠네."

"이 사람. 영감이 어련히 알아서 하시려고."

"아닐세. 오늘은 꼭 말할 게 있네. 가세."

겸재 영감은 우리 둘을 반갑게 맞아주었다. 사랑채에서 오랜만에 한 잔씩 하자고 했다. 내가 그만 돌아가자고 하여도 수석은 꿈쩍도 하지 않고 술잔만 비웠다. 원래 기분 좋게 술을 마시는 수석은 주사를 부리는 적이 거의 없었다. 다만 한 가지 평상시 하고 싶었다가 못 한 이야기는 기어코 꺼내 꼬치꼬치 따지는 경향이 있었다. 혹시 여러 사람 앞에서 그런 일이 생길까봐 나는 마음이 조마조마했다. 아니나 다를까.

"영감. 드릴 말씀이 있습니다."

"말해보게."

겸재 영감에게 수석은 바짝 다가앉아 눈을 들여다보며 다시 한 잔을 들이켰다.

"사천 대감하고 막역지우莫逆之友라 하셨지요?"

"암, 그렇고말고. 세상 사람이 다 아는 일 아닌가? 나이를 잊은 사귐이라고 망형지교忘形之交라 부르지 아마."

겸재가 빙긋 웃으며 대답했다.

"그런데 말이지요. 영감은 사천 이병연 대감이 진정한 벗이라고 생각하십니까?"

"그게 무슨 소린가? 사천 대감이야말로 어린 시절부터 함께 동문수학 해온 진정한 벗이고 말고."

그러자 수석은 비웃듯 한 번 껄껄 웃고는 정색을 하고 말했다.

"사실 톡 까놓고 말해서 사천 대감이 그림을 볼 줄 아십니까?"

"허허."

겸재 영감은 그저 고개만 끄덕이며 노여운 기색 없이 웃었지만 나는 괜히 낯이 뜨거웠다. 나야 유수석으로부터 몇 번이나 들은 이 야기였지만 당자 앞에 대놓고 하기에는 민망한 데가 있었다.

"그림도 볼 줄 몰라서 항상 대감에게 물어보고 대감이 좋다고 하 면 그제야 구입하여 소장하지 않습니까?"

"그 사람은 화가가 아니니 뭐, 그럴 수도 있지 않은가. 그림을 모 은다고 모두 다 그림 보는 눈이 뛰어날 수는 없지."

"사천 대감이 정말 그림 자체의 아름다움에만 푹 빠져 살았을까 요? 천만에요. 겸재 대감의 그림이 돈이 되기 때문에 대감의 그림 을 그리 높이 사는 것이 아닙니까? 영감의 그림은 조선에서만 비싸 게 거래되는 것이 아니라 이미 중국에까지 널리 소문이 났지 않습 니까? 중국 사행使行을 따라가는 저희 같은 역관들에게 정선의 그림 을 부탁하는 중국 화상들이 아주 많습니다. 영감의 그림 하나를 챙 겨가 중국에서 팔면 시쳇말로 대박을 거둘 수 있기 때문이지요."

"허허, 이 사람 그만하게. 이제 그만 가세."

나는 더 이상 말을 하지 못하게 수석의 옆구리를 찔렀다.

"지난번에 영감과 친한 역관이 좋은 부채를 주면서 연경으로 가 기 전에 고별을 하러 왔지요? 영감이 아침 맑은 기운으로 바다 위 에 떠 있는 작은 배 한 척을 그려주셨더군요. 역관이 그것을 가지고 연경 가게에 들어가자 주인이 좋아하면서 선향線香 한 궤와 바꾸어주었답디다. 역관이 돌아와 향을 헤아리니 오십 매였는데, 길이가 모두 수 촌이나 되었다며 기뻐하는 것을 보았습니다. 역관들은 영감의 그림을 얻으면 모두 재물을 축적할 기회로 보고 있습니다."

겸재는 평상시 낯빛을 유지하고 있으나 조금 당황한 것처럼 보이기도 했다. 원래 눈이 나쁜 겸재 영감은 더욱 눈을 가늘게 뜨고 수석을 바라봤다.

"그런데 말입니다, 중인이 아니라 선비, 그것도 계산에는 젬병일 것 같은 시인인 사천 대감에게서 영악한 투자자의 면모가 보이니 말입니다. 이게 무슨 곡절일까요? 대감과 같은 마을에 사는 신돈복을 아시지요?"

"알고 있네."

수석은 더욱 가까이 다가앉으며 목소리까지 낮추며 말을 했다.

"하루는 신돈복이 사천 대감에게 가서 그 시렁 위를 보니 책을 쌓아 벽 위를 중국본 상아꽂이로 둘러놓았더랍니다. 신돈복이 책이 어떻게 이렇게 많으냐고 물었다지요. 얼추 이천 권은 돼 보이더랍니다."

겸재 영감도 귀를 기울여 수석의 말을 듣는 듯했다.

"그래, 사천이 뭐라 했다던가?"

"예. 하하하, 놀라지 마십시오. 모두 정선에게서 나온 줄 누가 알겠나. 이랬답니다. 북경 그림 가게들은 정선의 그림을 심히 중히 여겨서 비록 손바닥 크기의 조각만 한 종이에 그린 그림일지라도 비싼 값으로 산다네. 나와 정선이 가장 친한 까닭으로 그림을 가장 많이 얻었는데 매양 북경 가는 사신의 행차에 크기를 막론하고 부쳐 보내볼 만한 책을 사오게 했다네. 그런 까닭으로 능히 이처럼 많은 분량에 이를 수 있었지. 또 이리 말했다고 합니다."

나는 일순 긴장했다. 겸재의 얼굴에도 싸한 기운이 맴도는 것처럼 보였다.

"이 사람, 이제 제발 그만하게."

나는 민망하여 자꾸 수석에게 보챘다. 그때 겸재 대감이 고개를 젖히고 웃었다.

"허허허허. 그게 뭐가 어떻다는 말인가?"

수석은 웃고 있는 겸재를 물끄러미 바라보더니 화가 난다는 듯 퉁명스럽게 말했다.

"영감은 그렇게 중국에서도 잘나가는 화가이지만 정작 평생 생계 걱정을 해야 할 만큼 세상 물정에 어둡지 않습니까? 이젠 눈도 침침하셔서 안경을 두 개나 겹쳐 쓰고 그림을 그리시면서요. 그게 어떻다니요?"

"그래도 내 굶어 죽지 않고 지금까지 살아남지 않았는가? 그러면 대 성공이지, 안 그런가."

"영감."

수석은 눈을 부릅뜨려 노력했으나 눈이 저절로 감기는 모양이었다. 그러자 겸재 어른은 껄껄 웃으며 손을 저었다.

"알았네. 그래, 마저 말해보게."

"사천 영감이 풍류객의 면모를 가졌지만, 예, 그건 인정하지요. 그렇지만 그 뭡니까, 친구의 그림을 중국 시장에 팔아 거둔 이익으로 자신의 시 공부에 도움이 될 고가의 청나라 서석을 사 모았던 사천 대감이 저는, 저는 말이지요, 영악하다고 생각합니다. 네, 그렇고 말고요."

"이 사람. 평생을 시와 그림으로 교유했던 죽마고우의 아름다운 사귐을 이렇게 폄하하다니, 너무 불경한걸, 허허허."

"영감. 너무 언짢게 생각하지 마십시오. 이 친구가 술이 과했습니다."

내가 급히 인사를 하자 겸재는 분홍빛 볼에 한가득 웃음을 지었다.

"걱정 말게. 누가 나와 사천 사이를 비웃어도 노엽지 않다네."

"영감."

수석은 벽에 머리를 대고 잠이 들었는지 눈을 감았다.

"사천이 내 그림을 팔아 책을 샀다 하니 얼마나 다행인가. 그러고도 남는 돈이 있었다면 아마 술을 사 마셨겠지. 다리가 퉁퉁 붓는 각기병이 생기도록 술을 마시는 사람이 아닌가. 그 외에 축재를 하지는 않았을 것이네. 만약 내 그림을 팔아 돈을 벌어 땅을 사고 집을 샀다면 그보다 더 다행한 일은 없을 테지만 말일세. 하하하."

"두 분이 부럽습니다."

"이보게. 자네는 수석이 있질 않나? 둘이 함께 일생을 학문을 논하는 벗이 아닌가. 나와 사천도 그렇다네. 예술적 동반자지. 사천은 만 수가 넘는 시를 썼다네. 사천의 시 한 수 들어보려나?"

"예."

"제목은 〈어느 두메산골에서의 하룻밤〉일세.

소를 키우는 농가의 아궁이

그 옆 잎 진 나무도 사랑스럽네

주인은 자고 가라 만류하며

수시로 안을 향해 아내를 재촉하네

등불 아래 큰 배를 보내왔는데

한 번 갈라 먹으니 속이 다 시원하구나

이윽고 반상에 오른 진미 놀라워라

물고기를 잡고 나물을 뜯어왔네

산골 마을 여행한 이래

이따금 삶의 참모습 보았지

하룻밤 잘 쉬고 말에 오르니

뜻밖의 인정 마음에 간직하리라

새벽녘 다시 서로 작별하자니

고개 위의 달 희미하게 떠 있네

어떤가?"

"아주 좋습니다. 저도 그런 곳이 있습니다. 남양이 제 고향입니다. 그곳 바닷가 마을에 가면 늘 물고기를 잡고 나물을 무쳐 먹는 순박한 사람들이 있지요."

고향 생각이 났다. 노을이 질 때의 바닷가와 해송이 줄지어 서 있는 언덕, 봄이면 흰 눈처럼 살구꽃이 날리는 정자, 나지막한 산들, 그리고 바다 냄새.

"그래? 허허허. 나는 이곳 인왕산 아래에서 나서 이곳에서 늙어 가고 있네. 금강산 유람을 두 번 했고 다른 곳에 몇 번 다녀온 적은 있지만 말일세."

그때 수석의 몸이 툭 쓰러졌다.

"이 사람. 곤히 잠들었군그래. 자네도 함께 여기서 자고 가게."

"아닙니다. 조금 더 이따 한숨 깨면 데리고 가겠습니다. 그리고 오늘 일은 너무 불쾌하게 생각하지 마십시오."

"천만에. 그 또한 나를 생각해서 그랬다는 걸 잘 알고 있네. 이 사람이 속에 있는 말을 감추지 못한다는 걸 내 진즉 알고 있었지. 염려 말게, 허허허."

"밤이 늦었으니 들어가 주무시지요."

"괜찮네. 자네들이 가고 난 뒤에 자면 되지."

겸재 대감은 환하게 웃으면서도 끝내 고집을 꺾지 않았다.

마지막 옷대 여행

 `

추석이 되기 한 달 전에 아들 이조와 셋째 동생 문하가 남양에
왔다. 아내가 죽고 나서 큰아들 집에서 차례를 지내왔다. 올해도 그
럴 것이지만 추석 전에 그를 한번 보겠다고 내려온 것이다.

"아버님."

"형님."

절을 마치고 두 사람은 그의 얼굴을 보며 걱정스러운 표정을 지
었다.

"얼굴이 많이 상하신 것 아닙니까?"

"별소리. 내 여기 시골에 있으니 얼굴이 볕에 타서 그렇겠지. 고
향에서 지내니 마음이 편하고 몸도 편안하다."

그래도 두 사람은 마음이 놓이지 않는지 자꾸 그의 얼굴을 살폈다.

"형님. 책은 어느 정도 되어가고 있습니까?"

"이제 삼분지 이 정도 끝났지. 잠시 기다려라. 내 가져올 테니."

그는 동생 문하와 아들 이조와 함께 지금까지 작성한 산학책을 점검했다.

"워낙 꼼꼼한 성격이시라 오자는 거의 없습니다."

"그래? 내 여러 번 보기는 했다만 그래도 눈에 보이지 않는 것이 꼭 나온다. 잘 찾아보아라. 눈을 부릅뜨고 몇 번씩 찾아보아도 잘못된 부분이 보이지 않다가 어느 날 문득 눈에 띄니 귀신이 곡할 노릇이구나."

"아버님. 이 문제는 조건이 충분하지 않은 것 같습니다."

이조가 한 문제를 짚었다.

"그래? 문제 자체에 문제가 있단 말이냐?"

"예. 이렇게만 조건을 주어서는 올바른 답을 얻기 어려울 듯합니다."

"흐음. 그래? 그럼 어찌 해야겠느냐?"

이조의 산학 실력이 한결 늘었다는 것을 확인하자 그는 기뻤다.

"잘했다."

이조는 얼굴이 붉어지며 씨익 웃었다. 문하도 그런 조카가 귀여운지 활짝 웃었다.

"저, 형님. 이번에 한양에 한번 올라가시지요."

"한양을 뭐 하러?"

"지난달에 겸재 영감을 만났습니다. 영감께서 형님을 꼭 한번 만나고 싶다고 신신당부하시던데요?"

"그래. 나도 뵙고 싶기는 하다만. 갈 생각을 하니 까마득하구나."

"겸재 영감이 현감으로 가신다고 합니다. 당분간 못 뵐 것 같아 사람들이 인왕곡으로 많이 찾아오곤 하던데 형님도 이번에 한번 꼭 뵈십시오. 혼자 가시면 더 힘들 것이니 이번에 저희들과 함께 올라가십시다. 한양에서 피붙이들 집집마다 놀러 다니며 좀 쉬시고요. 아, 형님의 형제, 자식만 해도 몇 집입니까?"

"흠. 괜히 번거롭기만 하지."

"형님. 그렇게 말씀하시면 섭섭합니다. 같이 가세요. 그래야 책이 더 잘 써질 것입니다. 그것에만 얽매여 있지 마시고요."

"예. 아버님. 그렇게 하세요."

그는 엄두가 나지 않았지만 청풍계를 한번 가보고 싶은 마음도 없지 않았다. 자신이 살던 집을 아무렇지 않게 볼 자신은 아직 없지만 집만 피해 간다면 청풍계에 꼭 가보고 싶었다. 이제 마지막이 될지도 모르는 일이었다.

며칠 뒤 문하와 이조가 한양으로 떠날 때 그도 동이를 데리고 길을 떠났다. 일행은 그를 생각해서 무리하지 않고 천천히 걸었다. 남들은 사흘이면 갈 거리를 유람하듯 느릿느릿 걸어 닷새나 걸렸다.

경복궁터 근처에 오자 그는 가슴이 심하게 두근거리는 것을 느꼈다. 잊은 줄 알았던 상처가 새삼 쑤셨고 숨이 차올랐다. 이조와 동이는 아무것도 모르고 재미있는 말이라도 했는지 고개를 젖혀 웃으며 앞서 걸어갔고 한양에 들어서면서부터 그의 낯빛을 살피느라 여념이 없는 문하만 전전긍긍했다. 그도 내색하지 않으려 안간힘을 쓰며 마음속으로 〈춘망사〉를 되뇌고 있었다.

"형님. 오늘은 저희 집으로 가시지요."

그 소리를 듣고 이조가 뒤를 돌아보며 말했다.

"작은아버님. 아닙니다. 저희 집으로 모시겠습니다."

문하는 그가 옛집 근처로 가면 너무 마음이 아플까봐 부러 조금이라도 더 떨어진 자신의 집으로 가자는 것일 텐데 이조는 아들인 자신의 집으로 가야 한다고 우겼다.

"아니다. 오늘은 너희 작은아버지네로 가야겠다. 내일 겸재 영감도 만나려면 거기가 더 가깝지 않으냐."

그가 동생의 집인 백사실 쪽으로 발길을 돌리자 문하는 조카 이조에게 눈짓을 했다. 너희 집 쪽으로 가면 아버지가 너희 어머니와 소이 생각이 더 나지 않겠느냐는 몸짓에 이조는 수긍했다.

하룻밤 자고 아침 일찍 그는 동이를 데리고 겸재를 찾아갔다. 나이가 들수록 겸재는 더욱 기품이 느껴졌다. 젊을 때에는 생활이 궁핍하여 피골이 상접하게 마르기도 했거니와 본바탕이 뛰어난 외모라고는 할 수 없었는데 오히려 나이가 들며 멋지게 늙어갔다. 살이 오르고 혈색도 적당히 불그스름해서 건강해 보이고 여유가 있어 보였다. 중국에서는 겸재의 그림이라면 집 한 채 값을 내놓는 사람이 많을 만큼 유명한 화가이지만 생계를 걱정해야 할 만큼 세상 물정에 어두운 분. 생활이 윤택해서가 아니라 공기 좋은 곳에서 욕심 없이 살아가다 보니 자연히 인상이 그렇게 좋아진 듯싶었다.

"그간 강녕하셨습니까?"

"어서 오게. 이게 얼마 만인가? 그래, 고향에서는 아이들을 가르치며 산학책을 쓰고 있다구? 허허. 그야말로 신선놀음을 하는구만."

"네, 그렇습니다. 덕분에 책도 반 이상 썼습니다. 영감께서 현감으로 부임하신다는 소식을 듣고 열 일 제쳐놓고 문안 인사 드리러 왔습니다."

"그렇다네. 내 나이 벌써 적지 않은데 현감으로 가게 되어 한편 기쁘고 한편 두렵고 그렇네. 예서 그리 멀지는 않으니 다행이지만."

겸재는 홍세태가 세상을 뜨자 세상 사는 재미의 반이 날아갔다고 한탄을 했다. 그나마 죽마고우 사천 이병연이 있어 얼마나 다행인지 모른다는 말도 잊지 않았다. 사천은 한결같이 새벽녘에 일어나 시를 짓는다고 했다.

"지난번 자네 서찰을 받아 주상께 보였네만……. 어디 남양만의 일이겠는가. 그 일로 암행어사를 파견할 수는 없었다네."

겸재가 어두운 낯빛으로 말했다.

"예. 그저 바람이었지 기대하고 있었던 것은 아닙니다. 쉬이 해결할 수 있는 문제가 아니라는 것을 잘 알고 있습니다."

조선의 고질적인 병폐를 누구나 잘 알고 있었다. 해결의 실마리가 보이지 않으니 답답한 노릇이었다.

"자, 이번에 그린 그림을 한번 보아주게나. 산학적으로 구도가 맞는지 말 좀 해주고."

"아이구, 저 같은 사람이 무슨 영감의 그림을 평하겠습니까?"

"허허, 그러지 말고 조언을 좀 해주게나."

겸재는 그림을 한 폭 가져왔다.

"인왕산이군요."

"그렇네. 지난해 여름 장마에 인왕산 계곡에 폭포가 세 개나 새로 생기지 않았겠나? 그래서 그걸 그렸지."

"좋은데요. 역삼각형 구도라 곧 폭포 물이 쏟아질 것처럼 생동감이 느껴집니다. 폭포 밑에 웅덩이도 풍덩 뛰어들고 싶을 만큼 잘 표현되어 있네요. 삼각형인 인왕산과 폭포, 그리고 원이 잘 조화를 이루고 있고요."

"이 사람. 너무 듣기 좋은 말만 하는 것 아닌가? 정말 자네 마음에 드는가?"

"듣기 좋은 말이 아닙니다. 어디 제가 입에 발린 말을 하는 사람입니까? 제 마음에는 꼭 듭니다."

"허허허. 칭찬으로 듣겠네. 사실 그 그림은 자네 주려고 그린 것이라네."

"예에?"

"내가 이번에 부임해 가게 되니 사천이 전별시를 보내지 않았겠나? 이걸세. 한번 읽어보게."

> 자네와 나를 합쳐놔야 왕망천이 될 터인데
>
> 그림 낡고 시詩 떨어지니 양편이 다 허둥대네
>
> 돌아가는 나귀 벌써 멀어졌지만 아직까지는 보이누나
>
> 강서에 지는 저 노을을 원망스레 바라보네.

읽기를 마치자 겸재가 그를 바라보는데 눈가가 불그스름했다. 어려서부터 같은 계곡에서 놀며 자란 벗과 헤어지는 마음을 나타낸 시를 읽으며 그는 유수석을 떠올리지 않을 수 없었다.

"이 편지를 보고 자네가 생각났다네. 벗을 잃고 쓸쓸해하던 자네 얼굴이 떠나지 않는 거야. 내가 가더라도 자네에게 꼭 전해주라고 부탁하고 가려 했는데 이리 찾아오니 얼마나 반가운지 모르겠네. 원래 폭포는 세 개가 새로 생겼지만 두 개만 그렸네. 두 사람의 우정을 기리기 위해서 말이야. '인왕이폭도'라고 지었네만 마음에 드는가?"

"여부가 있겠습니까? 누구 작품인데요. 영감 그림은 삼천 전이 나가는 것도 있다고 들었습니다. 그 돈이면 작은 집 한 채 값이 아닙니까? 제가 어찌 이걸 받겠습니까? 사람이 염치가 있어야지요."

"이 사람. 내가 그 그림을 그리는데 삼천 전이 들어가는 것은 아니지 않은가? 나야 마음먹으면 언제든 그릴 수 있는 걸 무엇하러 쌓아놓겠나. 다만 잘 그려지느냐 아니냐가 문제인 것이지. 내 맘대로 그림이 그려지는 것은 아니니까."

"염치없이 받아도 되는 것인지 모르겠습니다. 고맙습니다, 영감."

"사천은 몸집이 크고 장대하지만 나와 둘 중 누가 먼저 세상을 뜰지는 아무도 모르겠지. 부디 오래 오래 내 곁에 있어주면 좋겠구만서도. 그걸 인간이 맘대로 할 수가 있겠나. 자네 집사람과 딸도 그렇고. 수석이라도 살아 있으면 좋았을 것을."

그는 보름 동안 동생들과 자식들 집을 돌아가며 들러보고 호조에서 함께 근무했던 산원들과 김수팽도 만났다. 막내 여동생 오목이 집에도 가서 사흘을 묵었다.

"오라버니, 성님도 없이…… 어찌 사시오?"

막내 여동생이 그를 보고 어찌나 눈물을 흘리는지 동생 남편이 어쩔 줄 몰라 했다. 처음 한양에 왔을 때 젖먹이였던 여동생은 역시 산학자 집안 아들과 혼인하여 이제 세 아이의 엄마가 되었다. 오래비들 틈에서 자라느라 늘 혀 짧은 소리를 하던 여동생이었다. 그런데 혼인하여 첫애를 낳자마자 그 버릇이 없어져 오래비들이 두고두고 놀려 먹곤 했다. 이제는 아이들을 어찌나 번듯하게 키우는지 볼 때마다 흐뭇하기만 했다. 어머니가 늘상 막내딸 시집 보내느니 대신 간다는 속담을 말하며 시집가 잘 살지 모르겠다고 걱정을 했었는데 괜한 노파심이었다. 그는 오목이가 대견스러워 빙그레 웃었다.

『유씨구고술요』

서촌에 사는 산학자의 장례를 마치고 오는 길에 유수석은 우리 집에 잠깐 들렀다.

"이보게. 내가 책을 하나 쓰고 싶네."

안방에 앉자마자 유수석이 불쑥 말했다.

"책이라면, 산학책을 말하는가 한어책을 말하는가?"

수석이 관심 있는 것이라곤 산학뿐이라는 걸 모르는 바 아니었지만 갑자기 책을 쓴다는 소리에 이렇게 묻고 말았다.

"하하하하, 이 사람. 중국어 책이야 쓰는 사람이 많이 있질 않나? 나는 하국주에게 전해 받은 『구고도설』에 대한 해설서를 쓰고 싶네. 구고술*을 다룬 산학책 말이야."

"그래? 그대 실력이면 능히 해낼 걸세."

"자네 같은 산학자 집안이 아니라 책을 쓰는 데 한계가 있을 것이네만 쓰는 데까지 써볼 생각이네. 나중에 자네가 보고 좀 도와주게."

"대략 어떤 문제가 나오는가? 예를 한번 들어주게."

"밑변이 67.2척, 높이 75.4척인 직각삼각형의 빗변의 길이는 얼마인가?"

"가만있자. 한번 보세."

수석은 내가 답을 말하기를 기다렸다.

"흠. 답은 101척이군그래."

"그렇지. 『구고도설』에서는 모두 직각삼각형에 관한 문제를 다루고 있지 않은가."

"그렇지. 자네가 쓰려는 책은 문제가 얼마나 되나?"

"아직 생각뿐일세만 한 이삼백 문제 정도 풀이와 답을 적을 작정이네. 뭐, 술만 안 먹고 쓴다면야 금방 쓰겠지만. 장담할 수가 없네그려. 하하하."

"이보게. 그래서 말인데 제발 술을 좀 끊게. 아무리 혼자 산다고 밥보다 술을 더 먹으니 되겠는가?"

"아, 술도 곡식으로 만든 건데 아무거나 먹으면 그만이지, 뭘 그러나?"

---

* 직각삼각형 세 변 사이의 관계를 이용하여 문제를 해결하는 것

흉년이 들어 몇 년 내내 금주령이 내려져 있지만 돈만 있으면 술을 구하는 것은 쉬웠다. 돈이 없는 백성들이야 술 한 모금 먹기 힘들겠지만 수석은 알려진 중국어 역관이니 술을 마실 만한 돈은 있을 터였다. 아이도 없이 부인마저 일찍 저세상으로 가고 난 뒤부터 수석은 술을 지나치게 마셨다. 달리 돈을 쓸 데도 없었다. 양자 하나 들이라고 해도 수석은 허허허 웃을 뿐 머리를 흔들었다.

"나 죽고 나면 그만일걸. 무엇하러 이 세상에 다시 인연을 만들고 가겠는가. 뭐 그리 기념할 만한 뼈대 있는 집안도 아니고."

"이 사람 그럴 때 보면 꼭 스님 같네그려."

"그런가? 하하하하하. 술만 아니라면 내 중이 되는 것도 괜찮을 듯하네만. 중이 되면 술을 못 마신다니 영 당기지가 않네그려."

"이 사람. 산학 하는 사람치고 자네처럼 술 먹는 사람은 내가 본 적이 없네."

모든 산학자가 그런 것은 아니겠지만 우리 집안만 봐도 거의 술을 못했다. 호조에서 만나는 산학자들도 술을 많이 마시는 사람은 드물었다.

"나는 산학자가 아니라 역관이 아닌가? 산학자들은 샌님들이지만 역관들은 안 그렇다네. 흠흠, 역관치고 술 못 먹는 사람은 없다네."

"사람 참. 아예 우리 집으로 와서 살면 어떻겠나?"

"음하하하. 말은 고맙네만 내가 자네 집으로 가면 자네 집사람은 독수공방을 할 게 아닌가? 우리 둘이 붙어서 허구한 날 산학 얘기만 할 터이니."

"그럼 어떤가? 실컷 하면 되지."

"그건 싫네. 하하하하."

몸집이 커서 건강해 그런지 유수석은 두주불사斗酒不辭 말술을 마셔댔다. 하지만 안심하지 못할 것이 워낙 지병으로 간이 안 좋은 것이 수석 집안의 내력이었다. 친가 외가 합쳐서 장수를 한 사람이 손에 꼽을 정도라고 언젠가 말했던 것이 생각났다. 유수석도 나이 들면서 몸에 이상이 생기지 말라는 법은 없었다.

간간이 안 풀릴 때 물어보기도 했으나 수석은 온전히 자기 힘으로 『구고도설』 해설서를 써나갔다. 그동안 역관으로 청나라에 갔다 반년이나 걸리는 바람에 중단되기는 했어도 꾸준히 쉬지 않고 써나가 얼추 완성이 되어가는 듯했다.

어느 날 수석은 우리 집에 찾아와 빙긋 웃으며 대문을 들어섰다. 식구들과 인사를 한 뒤 아내가 아이를 데리고 작은 방으로 가자 수석은 책을 내놓았다.

"다 썼네. 물론 오류가 있나 살펴봐서 수정을 해야겠지만 말일세, 하하하."

"정말인가? 수고했네."

나는 얼른 책을 펼쳐 한 문제 한 문제 풀기 시작했다.

"이 사람, 천천히 풀어보게. 잘못된 부분이 있으면 말해주고."

"아 알았네. 밥은 먹었나? 이런 날 술이라도 한 잔 해야 되는 것이 아닌가?"

우리 둘은 책의 내용을 훑어보며 늦도록 술을 마셨다. 물론 대부분의 술은 수석이 마셨고 나는 그저 몇 모금 목을 축이는 정도였다.

그러고 나서 한동안 산학취재 볼 문제를 가다듬느라 바빠서 유수석을 보지 못했다. 취재가 끝난 뒤에는 답안을 가려 합격자를 뽑느라 또 시간이 흘렀다. 취재가 모두 마무리되고 나자 나는 몸살이 났다. 온몸이 안 아픈 곳이 없고 머리가 흔들려 깨질 듯했지만 식구들에게도 그런 티를 내지 않았다. 그저 피곤하니 일찍 자겠다고 하니 산학취재 때문에 힘들어 그러려니 여기는지 얼른 이부자리를 깔았다.

다음 날 일어나니 아내가 물끄러미 나를 들여다보고 있었다. 그러다 나와 눈이 마주치자 무안한지 얼른 눈을 돌렸다.

"무얼 그리 보고 있었소?"

"많이 편찮으십니까?"

"나 말이요? 아니, 뭐."

"밤새 끙끙 앓으시던걸요."

"내가요?"

"네. 식은땀을 뻘뻘 흘리면서 신음을 하시던데요."

"음."

"왜 말하지 않았습니까?"

옆에 있는 물로 입술을 축이며 나는 대답했다.

"말하면 뭐하겠소? 말한다고 낫는 것도 아닌데. 공연히 당신까지 걱정이나 하지."

"참 섭섭한 말씀도 하십니다. 몸 아픈 걸 내외간에 말 안 하고 누구한테 한단 말입니까?"

"걱정하지 마시오. 무리했더니 몸살이 났나보오. 곧 낫겠지 뭐."

산학청에 나갈 때에도 다리가 휘청거렸으나 푹 자서 그런지 몸이 나아가는 느낌이 들었다.

산학청에서 장부 정리를 하다 문득 생각하니 유수석을 만난 지 한 달도 더 된 듯하여 이상한 생각이 들었다. 이렇게 오랫동안 안 만난 적이 없었기 때문이다. 내가 찾아가기보다는 유수석이 늘 산학청으로 찾아오고는 했는데 무슨 일이 있는지 걱정이 되었다. 당장 내일이라도 찾아가 보리라 생각했다.

다음 날 일이 끝나고 청계천 유수석 집으로 찾아갔다. 아내에게 부탁해 싸온 밑반찬 몇 가지를 들고 대문을 밀었다.

"이보게, 수석. 집에 있는가?"

그러나 집은 비어 있었다. 나는 한참을 기다리다가 반찬만 두고 그대로 나왔다. 며칠 뒤 내가 없을 때 수석이 왔다가 나는 못 만나고 빈 그릇만 두고 갔다. 어쩐 일인지 몇 번을 엇갈리기만 할 뿐 만나지를 못했다.

산학청 쉬는 날 아침 일찍 수석을 만나러 갔다. 대문에서 몇 번 불러도 아무 소리가 없어 안방문을 열고 들어가니 수석은 방안에 누워 있었다.

"이보게. 아침부터 술이라도 먹었나? 왜 누워 있나?"

"이 사람, 술 끊었네."

유수석은 내 기척에 천천히 일어나 앉았다. 간신히 일어나 앉는 유수석을 보고 나는 흠칫 놀랐지만 놀란 티를 내지 않으려 헛기침을 했다. 불과 한 달 조금 지난 새 얼굴이 상한 듯 보였다. 낯빛이 거무스름하게 변했고 살이 쪽 빠져 하관이 빨라졌으며 옷이 겉돌 정도로 몸이 축났다.

"아니, 이 사람. 어디 아픈가?"

"술을 끊었더니 금단현상인가 보이."

"설마. 자네 얼굴이 많이 상했네."

"괜찮네. 걱정 말게."

일어나 앉는 유수석을 보니 배가 불룩했다. 뭘 많이 먹어서 부른 것이 아니라 비정상적으로 배만 불룩했다.

"의원한테는 보였는가?"

"의원은 무슨. 괜찮다니까."

불길한 예감이 들었다. 유수석은 얼른 머리맡에 있던 책을 나에게 보여주었다. 책 겉장에 『유씨구고술요劉氏勾股述要』*라고 적혀 있었다.

"벌써 수정을 했나?"

"쇠뿔도 단김에 빼랬다고 미적거리다 자칫 완성을 못 하게 될까 봐 부지런히 고쳤네."

나는 일어나려는 수석을 주저앉히고 솥에 밥을 짓고 된장국을 끓여 상에 놓고 수석에게 가져갔다. 맛이야 없겠지만 수석은 군말 없이 밥을 먹었다. 밥이 안 넘어가는지 억지로 삼키는 티가 역력했지만 찬이 없어 그럴 사람은 아니고 아무래도 몸에서 받지를 않는 모양이었다.

나는 다음 날 육조거리 밑에 있는 알고 지내던 의원을 찾아가 유수석의 증세를 말했다.

"얼굴빛이 검습니까?"

"그렇습니다."

---

* 『유씨구고술요』는 조선 숙종 때 유수석(?~?)이 저술한 것으로 추정되는 산학서이다. 조선 후기의 천문학자·수학자인 남병길(1820~1869)이 『유씨구고술요』를 그림으로 다시 풀이해 『유씨구고술요도해』라는 책을 펴냈다.

"배만 불룩하고요?"

"예. 다른 곳은 비쩍 말랐는데 배만 애 밴 여자처럼 불룩했습니다."

"흠. 아무래도 간에 적이 생긴 모양입니다."

가슴이 철렁 내려앉았다.

"간적*이라고요?"

"당사자를 봐야겠지만 설명을 들어보니 그런 것 같습니다만."

"고칠 수 있습니까? 사, 살 수 있습니까?"

"위라면 혹시 모를까 간에 적이라면…… 아마도 살기 힘들겠습니다……. 더구나 배가 불룩하다는 걸 보니 벌써 복수가 찬 모양인데 몇 년, 아니 심하면 몇 개월 넘기지 못할 듯싶습니다만."

"아!"

나도 모르게 털썩 주저앉고 말았다.

"인명人命은 재천在天이라 하지 않습니까? 보지 않고 설명만 했으니 잘못 진단했을 수도 있고요. 또 기적이라는 것도 있지 않습니까? 간혹 몇 년도 견디는 사람이 없는 것은 아닙니다. 너무 낙망하지 마십시오."

나는 비틀거리며 청계천을 걸어 간신히 유수석 집 앞에 당도했

* 간암

다. 하지만 차마 안으로 들어갈 수가 없어 대문간에 하염없이 서 있
었다.

후두둑 비가 내리기 시작했다. 장마가 시작되는 모양이었다. 장
대처럼 내리는 비를 맞으며 나는 눈물을 흘리기 시작했다. 누가 보
더라도 울고 있다고 여기지 않을 것이라 생각하자 눈물이 줄줄 흘
러내렸다.

'수석이 없는 세상을 내 어찌 산단 말인가.'

남양 유람

"동이야, 내일 별일 없으면 아침 일찍 오거라."

"예. 알고 있습니다."

동이와 남양 이곳저곳을 돌아다녀 보자고 약속했는데 차일피일 미루다가 늦가을이 되고 말았다. 조금 더 날이 지나면 추워서 돌아다니기도 고생스러울 듯하여 그는 하루 날을 잡아 동이와 함께 길을 떠나기로 했다. 예전에 유수석과 금강산 유람을 하자고 약속했던 일이 떠올랐다. 금강산을 가기는 이미 틀린 것 같고 자신이 어릴 때부터 살아온 남양이라도 죽기 전에 둘러보고 싶었다. 자신은 도대체 어떤 곳에서 나고 자랐는지, 그리고 이제 어디에 뼈를 묻을 것인지 살펴보고 싶었다.

아침 일찍 동이가 와서 부르자 기다리고 있던 그는 얼른 방을 나섰다.

"천천히 쉬엄쉬엄 걸어보자."

"예."

그는 얼마나 많은 사람들이 걸어서 이 길이 만들어진 것일까 생각했다. 맨 처음 누군가 이 길을 걸었을 때 이곳은 어떤 상태였을까? 앞 사람이 간 길의 흔적을 따라 걷고 또 걸어간 사람들. 그 사람들의 한 걸음 한 걸음이 모여 이 길고 끝이 없는 길을 만들었다. 마을을 지나 오솔길로 들어서니 오히려 더욱 선명하게 길이 만들어지는 과정이 보였다. 제법 단단하게 다져진 곳도 있고 길이 아닌 듯하여 다른 곳으로 갈 만큼 길이 들지 않은 곳도 있었다.

인근에서는 꽤 높은 산인 비봉산으로 들어서자 산의 모든 소리가 들려왔다. 바람에 나뭇잎 바스락거리는 소리, 산새들 소리, 산짐승이 후다닥 달아나며 내는 소리들.

비봉으로 올라가니 멀리 회색빛 갯벌이 보였다. 높은 곳에서 사방을 내려다보니 여기저기 몇 채씩 옹기종기 모여 마을이 형성되어 있었다. 쓰러질 듯 작은 초가집들 사이 커다란 기와집들이 하나씩 박혀 있었다. 저 작은 집에 사는 몇백 명의 사람들이 커다란 기와집 사람을 먹여 살리고 있는 것 같아 그는 마음이 아팠다. 그 작은 집들 안에는 또 얼마나 고통스러운 삶을 살고 있는 사람들이 많을 것인가.

산이라고 할 수도 없는 얕은 산이지만 땀이 배어 나올 정도로 힘이 들었다. 둘은 산 정상 바위 위에 나란히 앉았다.

"여기 올라와 본 적이 있니?"

"예. 아이들과 올라온 적이 몇 번 됩니다."

그도 어려서 이곳에 올라와 새 둥지도 뒤지고 칡도 캐던 기억이 떠올랐다.

"동이야, 너는 진정한 벗이 있느냐?"

"⋯⋯."

"왜, 하나도 없느냐?"

"같이 노는 아이들은 있지만 진정한 벗인지는 아직 모르겠습니다."

"그래. 내가 오늘은 나의 특별한 벗 몇 사람을 말해주려고 한다. 먼저 말해줄 사람은 나와 평생 산학을 함께 공부했던 유수석이라는 사람인데 사실 그는 산원이 아니라 역관이다."

"역관인데 산학을 함께 공부하셨다고요?"

유수석이 그를 찾아 호조로 처음 오던 날의 모습, 멀대같이 크고 적당히 살집이 있던 호남형의 모습과 언제나 허허허 웃던 싱거운 성격, 중국 사신들을 만나러 가던 날의 흥분, 그리고 산학 해설서를 쓰던 때의 모습까지 이야기했다.

"지금 한양에 계십니까?"

"아니다."

"그럼 역관이시니 또 청나라에 가셨습니까?"

"저기."

그는 고개를 들어 하늘을 가리켰다.

"너희 아비처럼 하늘로 돌아갔다."

"아."

동이는 먹먹한 얼굴로 땅을 내려다봤다.

"이상할 만큼 그 친구와는 다툰 적도 한 번 없구나. 그저 얼굴만 봐도 즐거웠던 기억밖에는 없다."

동이가 그의 얼굴을 쳐다봤다.

"그래. 우리 사이에는 경쟁심이라는 것이 없었다. 유수석은 늘 나를 치켜세워주었단다. 자신은 산학자 집안이 아니라 잘 모르는 부분이 많다면서. 늘 겸손했지. 하지만 그 사람 몸속에도 산학자의 피가 진하게 흐르고 있었다. 직업도 아닌 산학을 그 자체로 즐겼기 때문이지."

"네에."

"겉으로 보기에는 활발하여 거칠 것 없이 말하는 사람 같아 보였다만 그보다 마음씨가 고운 사람은 없었지. 무척 좋은 친구라고 항상 생각했지만 그 사람의 가치를 알게 된 것은 그가 죽고 난 뒤였단다. 내게 얼마나 소중한 사람이었는지도. 하긴 대개 사람들은 그 사람이 죽고 나서야 그 사람이 얼마나 자신의 인생에 중요한 사람이었는지 깨닫게 되긴 하지만 말이다."

그는 유수석의 마지막 모습이 떠올라 마음이 아렸다.

"그다음으로 말할 사람은 하국주라는 사람이다."

"그분은 누굽니까?"

"그는 나보다 열 살 넘게 나이가 많다. 청나라 사람이고. 그러니 말도 통하지 않고 신분도 다르단다."

"네에? 청나라 사람하고도 친구가 되셨습니까?"

"만난 것은 일생에 단 한 번뿐이었단다."

"네에? 친구인데요?"

"암. 그래도 우리는 진정한 벗이지."

계사년 가뭄이 심하던 오뉴월, 유수석과 함께 먼지가 펄펄 날리던 길을 걸어 하국주를 만나러 가던 때의 이야기부터 시작해 그 뒤 어떻게 서로 편지를 주고받았는지까지 모두 말해주었다.

"너도 그런 친구가 생길지도 모르겠다. 옛 성현의 말씀을 잘 듣고 공부를 하다 보면 그 성현과 벗이 되기도 한단다. 직접 보지는 못하지만 학문으로 만날 수 있는 것이지."

"예에."

청풍계에서 만났던 겸재 어른과 홍세태 어른의 이야기도 동이는 신기한 모양이었다.

"이제 그만 또 가볼까?"

산을 돌아 바닷가 쪽으로 내려가니 자염煮鹽을 만드는 염부들이
한참 일을 하고 있었다.

어찌나 하니 일시에 놓고

어기어차 밭갈이하세

강경함에 감돌아든다

어기어차 차산에 새로다

박연하니 때는 입고

어기어차 밭갈이하세

봉당닢에 나돌아든다

어기어차 차산에 새로다

평택같이 흘러가는 물이라도

어기어차 밭갈이하세

간데족족 정들여놓고

어기어차 차산에 새로다

아까운 청춘 다 늙었구랴

어기어차 밭갈이하세

자염을 생산하기 위해서 염밭을 갈고 있는 염부들은 골고루 바

닷물이 스며들도록 바닥을 고루 펴서 평평하게 하는 작업을 하고 있었다. 이렇게 고루 다져 놓아야 그곳에 염기가 배여서 물이 나간 뒤에 염분이 많이 스며드는 것이다. 집에서 소금을 만들지는 않았지만 어릴 적부터 소금 만드는 일은 늘 보아온 그였기에 익숙한 모습이었다. 그때나 지금이나 염부들은 힘든 노동을 견디기 위해 노래를 부르고 있었다. 소리꾼의 목소리가 탁 트인 것이 시원시원하면서도 가락이 살아 있었다.

"선소리꾼의 소리가 우렁차고 넘어가는 목이 단단하구나."

그와 동이는 한동안 그 노래를 듣고 있었다.

"남양의 물산 가운데 소금이 차지하는 비중이 매우 크단다. 어세漁稅의 두 배가량을 염세鹽稅가 담당하고 있지, 아마."

지게를 지고 염물을 나르며 하는 선소리꾼의 낭랑한 목소리가 들려왔다. 평생 고된 노동에서 벗어나지 못하고 살아야 하는 사람들의 목소리는 처량하면서도 한편으로는 묘한 힘이 느껴지기도 했다.

"그만 가자."

"예."

동이와 함께 마을로 돌아오다 마을이 내려다보이는 산기슭에 앉아 잠시 쉬었다. 마을을 내려다보니 게딱지 같은 초가집들에서 하얀 연기가 나와 하늘로 올라가고 있었다. 멀리서 바라볼 때에는 평화롭기 그지없는 풍경이었다. 속사정을 보면 그렇게 아름다운 풍경만은 아니다. 점심을 먹는 집이 드무니 저녁을 일찍 지어 먹고 일찍 잠자리에 드는 것이다. 그나마 저녁이라도 곡식으로 밥을 지어 먹는 집이 얼마나 되는지 알 수 없었다. 나물에 쌀겨를 넣고 알곡 한 줌을 넣어 멀건 죽을 한 솥 끓여 많은 식구들이 후루룩 마시고 고픈 배를 움켜쥐고 잠자리에 드는 집이 십중팔구일 것이다.

불행은 혼자
오지 않는다

일 년 반을 고생하던 유수석이 죽었다. 유수석의 역관 동료들과 호조 산원들이 장례를 치러주었다. 김수팽도 장지까지 따라와 끝까지 함께 해주니 나는 고마워 목이 메었다. 유수석의 아내가 죽고 난 뒤로 왕래가 잦지 않다던 그의 처남에게 기별을 해 유수석의 물건들을 정리해 가라고 했다.

눈가가 눈물로 짓무른 자그마한 사내가 눈물바람을 하며 물건들을 가지고 간 뒤에야 나는 『유씨구고술요』를 챙기지 않은 것이 생각났다. 무악재 넘어 매바위골에 산다는 유수석의 처남 집은 물어물어 찾아가면 찾지 못할 것도 없을 듯싶어 차일피일 미루고만 있었다.

나는 유수석이 죽은 뒤 집에 오나 호조에 가나 기운이 없기는 매한가지였다. 무엇을 해도 신명이 나지 않았다. 호탕한 성격이 못 되는 나에게 깊이 사귀는 친구라고는 유수석 하나뿐이었다. 유수석의 소개로 낙사에서 만난 사람들도 있고 역관 중에 아는 이들도 있었지만 마음을 터놓은 친구는 별로 없었다. 산학청 친구들도 마찬가지였다. 모두들 관리로 녹봉이나 받으면서 하루하루 살아가는 것에만 관심이 있을 뿐 산학 자체에 관심을 두는 이는 찾아보기 힘들었다.

"세상에 돈이 제일 아닙니까? 돈도 안 되는 일에 뭐 하러 매달립니까?"

서슴없이 이렇게 말하는 사람들도 많았다.

날이 갈수록 수석이 그리운 마음을 달랠 길이 없었다. 그렇게 하루하루 시간이 흘러 겨울이 왔다. 겨울이 점점 더 추워진다고 사람들은 모두 걱정을 했다. 벌써 한강 물이 꽁꽁 얼어버린 지 열흘이 넘었다. 이조와 이복이 혼인하여 경복궁 옆으로 제금을 난 뒤 집에는 막내 소이와 내외뿐이었다. 아들 둘은 모두 잔병치레 한 번 없이 자랐는데 셋째로 태어났던 딸이 세 돌을 넘기지 못하고 홍역으로 죽었고 그 다음번 아이도 뱃속에서 잃었다. 그리고 한참을 아이가 없다가 늦둥이로 얻은 딸이 소이였다. 소이는 어려서부터 기침을 달고 살고 겨울만 되면 된통 앓는 날이 많아 우리 부부의 걱정거리였다. 소이가 말하지도 듣지도 못하게 되면서 아내는 내가 알게 모르게 소이를 안고 의원이란 의원은 다 찾아다니는 모양이었지만 들리지 않는 귀가 나아질 리가 없었다. 소이가 서너 살이 되자 아내도 지쳤는지 소이의 장애를 받아들였다. 소이는 오래비들과는 십년도 넘게 차이가 나 이제 겨우 아홉 살이었다. 이조와 이복이도 그렇고 중간에 잃은 딸도 애교가 있는 편이 아니어서 잔정을 표현해본 적이 없었건만 막내 소이는 달랐다. 걸어 다니면서부터는 제 에미가 극구 말려도 퇴청할 시간이 되면 집에서 한참을 걸어 나와 누하동 밑에까지 마중을 나왔다. 멀리서 나를 발견하고 고꾸라질 듯 달려오는 딸아이를 보면 무어라 말할 수 없는 기쁨이 가슴 가득 차오르면서 마음이 아리기도 했다. 작은 입술을 나의 뺨에 꼭 붙이고 내 목을 힘껏 끌어안을 때마다 나는 혼잣말을 했다.

"그래 안 들리면 어쩌랴, 이 애비랑 죽을 때까지 살자."

어려서는 조금 뒤쪽에서 살펴보고 있던 아내가 둘이 상봉하는 것을 본 뒤 저녁상을 차리려 부지런히 집으로 올라가고는 했는데 조금 더 크고부터는 소이 혼자 기다리고 있다가 달려오고는 했다. 작은 그 입으로 조잘거리면 얼마나 이쁠까 안타까운 마음이 들다가도 더 이상은 욕심부리지 말자고 다짐하곤 했다. 하지만 애비를 마중 나오는 것도 겨울에는 절대 금지였다. 아무리 졸라도 제 에미가 허락하지 않았다. 겨울만 되면 앓아눕는 적이 많으니 자연히 소이는 방안에서만 놀았다. 이번 겨울에도 채 겨울이 되기도 전부터 소이는 기침을 하며 목에서 쇳소리가 색색 나기 시작했다. 여름내 가꾼 수세미 말린 것을 삶아 그 물을 꾸준히 먹이는데도 소이의 천식은 가라앉지 않았다.

동짓달 초였다.

"오늘은 아무래도 약을 좀 지어와야겠어요. 백사실 계곡 아래쪽에 용한 의원이 있다는데 이따 잠깐 갔다 와야겠어요."

"그러구려. 바람이 많이 부니 단단히 입고 갔다 오구려."

나는 출청하며 대수롭지 않게 대답했다. 다른 날과 하나도 다르지 않은 날이었다. 호조에서도 별다른 일 없이 다른 날과 똑같았다. 날씨도 춥고 하여 일을 끝내자마자 부지런히 호조 산학청을 나왔다. 유수석과 함께 했던 산학 모임이 있는 날이었다. 살아생전 수석이 만든 모임이었다. 산학을 학문적으로 연구할 사람들을 모은다는 취지였으나 그런 사람을 찾기는 힘들었다. 그래서 산학자인가 아닌가를 가리지 않고 관심이 있는 사람들의 모임을 만들어 꾸준히 만나면서 공부를 하자고 수석이 제안했고 사람들도 수석이 모았다. 시작하여 몇 번 모임을 하기도 전에 수석이 병이 나는 바람에 활성화되지는 못했다. 수석이 죽고 나서 산학 모임은 사실상 와해 직전이었다. 하지만 꾸준히 참석하는 사람도 두어 명 되니 그대로 나만 빠지기도 어려웠다. 자연히 모임이 없어지면 나도 그만두든가 모임이 활성화되어 내가 없어도 되면 빠지든가. 아무튼 지금은 가서 모임을 추스르는 것이 도리일 것 같아 모임 때마다 빠지지 않고 참석했다.

모임에 가니 두 사람밖에 없었고 그들도 집에 일이 있어 가봐야 한다며 내게 미안해했다.

"아니오. 날도 추운데 일찍 집에 가야겠소. 다음 달 모임에 만납시다. 다음 달에는 좀 더 나오겠지요."

그들은 공연히 나에게 미안해했다. 그럴 필요가 없는데도. 수석이 더욱 그리웠다. 그가 있었다면 모임이 더 오래오래 지속되고 좀 더 활기를 띠었을 텐데. 육조거리를 지나 경복궁을 지나 청풍계 쪽으로 올라올 때 매캐한 냄새가 난다고 느꼈지만 어디서 군불 때는 냄새려니 했다.

"불이 났대."

사람들 여럿이 청풍계 쪽으로 달려가며 큰 소리로 이렇게 말했다.

"이보시오. 어디서 불이 났습니까?"

내가 뛰어가는 사람을 붙잡고 묻자 그도 잘 모르는지 고개를 갸웃거리며 대답했다.

"모릅니다. 청풍계 쪽인가 본데 산인지 집인지 모르겠습니다."

"뭐 불은 꺼졌다고도 하고. 두세 채가 탔다고도 하고. 자세한 건 가봐야 알겠죠."

나는 우리 집 쪽이지만 별일이야 있겠나 싶으면서도 뛰듯이 언덕을 올라갔다. 숨이 차올수록 알 수 없는 불안감이 가슴에 차오르기 시작했다.

"소이야."

공연히 소이를 한 번 불러봤다. 겨울이 아니었다면 저 아래까지 나와 있을 딸이지만 겨울인 데다 더구나 천식으로 앓고 있으니 집 밖으로 나와 있을 리가 없는 줄 뻔히 알면서도 다시 한 번 소이를 불렀다. 이번 겨울에는 몹시 춥더니 불이 자주 났다. 산불이 나기도 하고 집에 불이 나기도 했다. 추우니까 사람들이 여기저기 불을 피웠다가 강한 바람에 불씨가 날아가 옮겨붙어 불이 나는 것이었다.

"헉!"

언덕을 거의 다 올라와 오른쪽으로 꺾어 우리 집을 바라본 순간 나는 숨이 멎는 것 같았다. 옆집은 모두 타서 지붕이며 기둥이 시커멓게 그을렸고 우리 집도 건넌방은 지붕이고 뭐고 모두 타고 서까래도 주저앉아 시커먼데 아직도 뿌연 연기가 어두워지고 있는 겨울 하늘 위로 올라가고 있었다. 동네 사람들이 모여 있다 나를 보고 시선을 돌리며 말없이 길을 터주었다. 마루에 두 사람이 누워 있었다.

"헉!"

나는 다리에 힘이 풀려 주저앉고 말았다. 아내가 소이를 꼬옥 안고 있었는데 척 보기에도 아내와 소이는 이미 숨이 끊어진 것 같았다.

"소이야, 소이야."

아내와 소이의 뺨을 만져보니 아직도 따뜻했다.

"아이고, 소이 아부지. 호조에 사람을 보냈는데 길이 엇갈린 모양이유."

"세상에. 어쩔거나."

현실이라고 믿어지지 않았다. 눈물도 한 방울 나오지 않았다. 누가 기별을 했는지 이조와 이복이 형제와 며느리들이 달려와 통곡을 할 때에도 나는 그저 멍하기만 했다. 모든 일이 남의 일인 것처럼 실감이 나지 않았다.

"아이구, 아이 엄마가 약을 지으러 간 새 옆집에 불이 났대요. 애가 자다가 소리도 못 지르고……."

"마침 도착한 애 엄마가 불구덩이 속으로 뛰어들었다누만. 사람들이 말려도 듣지 않고, 에이구, 불쌍해 어쩔고."

장례를 어떻게 치렀는지도 전혀 기억이 나지 않았다. 다만 거의 음식을 넘기지 못해 큰며느리가 몇 번이고 눈물을 흘리며 상을 내간 것만 희미하게 기억에 남았다. 아들 내외는 함께 자기 집으로 가자고 말했으나 나는 고개만 저었다.

"괜찮다."

'내가 어찌 이곳을 떠나겠니?'

아들 내외는 더 이상 말해도 소용없을 거라고 생각했는지 고개를 숙이고 자신의 집으로 돌아갔다.

'그날 모임에 가지 않고 바로 집으로 왔으면 둘은 죽지 않았을까? 시간상 그랬다 해도 불을 막지는 못했을 거야. 하지만 마지막으로 얼굴이라도 볼 수 있었을까? 내 목소리를 들으며 저세상으로 갈 수 있었을까? 애비 눈을 보며 떠날 수 있었을까?'

며느리가 아침저녁으로 오는 게 안쓰러워 못 오게 해도 밀을 듣지 않고 계속 오기에 짐짓 야단을 치는 시늉을 했다. 며느리는 눈물만 흘렸다. 자식 된 도리로 내버려둘 수 없는 처지라는 것을 모르는 것이 아니었다. 그러나 나는 슬프지도 힘들지도 않았다. 그저 감각이 없이 어디론가 붕붕 떠서 다니는 것 같을 뿐이었다. 망나니가 당장 목을 벤다고 해도 아픔을 느끼지 못할 것 같았다.

장례를 마치고 허청허청 산학청에 나온 나를 보고 산학청 사람들은 위로도 하지 못했다. 역병으로, 홍역으로, 가난으로, 사고로 가족들을 잃는 일이야 거의 대부분의 사람들이 이미 겪은 일이었다. 유난을 떨 상황은 아니었다. 그러나 내가 듣지 못하는 막내딸을 어찌 생각하는지 산학청 사람들은 알고 있었다. 눈물을 누르고 죽을힘을 다해 참고 있는 내게 어떤 위로의 말도 할 수가 없었을 것이다. 눈 가득 연민을 담은 사람들의 얼굴이 부담스러웠다. 되도록 마주치지 않고 조용히 지내고 싶었다.

며칠 뒤 소이가 보이기 시작했다. 저녁에 퇴청해 집에 들어오는

데 마루에 소이가 앉아 있었다. 내가 놀라 달려가자 소이는 사라졌다. 몇 번이나 그런 뒤 나는 소이를 보고도 차마 달려가지 못하고 바라만 봤다. 그러자 소이도 사라지지 않고 그대로 있었다. 아침에 육조거리로 출근할 때에도 몇 걸음 떨어져 따라오다 경복궁터 근처에 오면 사라졌다. 저녁에도 걸어오다 뒤돌아보면 몇 걸음 뒤에 소이가 따라오고 있었다. 아무에게도 말하지 않았지만 소이가 그렇게 나타나는 것이 반가우면서도 걱정이 되었다. 모든 죽은 자는 이승이 아닌 저승으로 가야 하는 것이 아닌가. 할머니, 할아버지, 어머니, 아버지, 친구 모두 한 번도 자신 앞에 나타난 적이 없는데 저 아이는 왜 떠나지 못하는 것일까. 나의 환상이라는 것도 알고 있었다. 결국 나 자신이 소이를 붙들고 있는지도 모른다.

정신이 하나도 없는 중에 시간이 흘렀다. 큰아들 이조 내외와 작은아들 이복이 내외가 무슨 일이라도 생길까 아침저녁으로 드나들며 나를 챙겼다. 며칠 전 저녁에는 찾아왔다가 불도 켜지 않은 방에 혼자 앉아 있는 애비를 본 이조가 눈물을 보이며 자기 내외가 이 집으로 들어오겠다고 했지만 나는 고개만 저었다. 이 집에서 누군가와 함께 머무르고 싶지가 않았다. 그것이 비록 아들 며느리라 하여도 마찬가지였다. 오롯이 나 혼자 이 집에 있고 싶었다. 아들 집으로 가기를 거부하니 할 수 없이 이조는 불에 탄 집을 말끔하게 수리했다. 하지만 여전히 지독한 탄내가 나를 괴롭혔다. 아무리 괴로워도 집을 떠날 수는 없었다.

밥을 먹어도 잠을 자도 산학청에서 일을 해도 허공에 둥둥 뜬 것만 같은 기분이었다. 소이는 점점 더 자주 눈에 보이기 시작했다. 아침에 산학청에 가려고 마루로 나오면 마루 끝에 소이가 앉아 있었다. 나는 그대로 주저앉고 말았다.

"소, 소, 소이야!"

뒤를 돌아본 소이는 희미하게 웃을 뿐 아무 말도 없었다. 내가 소이를 잡으려 마루 끝으로 가자 소이는 그만큼 마당 쪽으로 물러났다. 그 뒤로 소이는 산학청에도 집에도 늘 나를 따라다녔다. 조용히 몇 걸음 뒤에서 사뿐사뿐 따라오다가 뒤돌아보면 그대로 서서 점점 희미해졌다.

그렇게 정신없이 지내는 중에도 시간은 가고 계절이 지나 봄이 왔다. 청풍계에 들꽃들이 피고 산벚꽃이 피었다.

몇 달 뒤 하국주의 편지가 왔다. 편지를 꺼내 펼쳐 보던 나는 심장을 예리한 쇳조각으로 후벼 파는 듯한 아픔을 느꼈다.

홍 선생. 나는 지금 우리 집 근처에 있는 장안사에 와서 유 선생과 그대 부인과 딸의 극락왕생을 빌고 있습니다. 불교 신자도 아니지만 그대의 비보를 듣고 마음 가눌 길 없어 이리 부처님께 찾아왔습니다. 부디 세 사람이 좋은 곳으로 가기를 빌고 빌며 또

한 그대가 마음 잘 추스르기를 멀리서 벗이 간곡히 기도하오. 시간이 약이라는 말도 위로가 안 되겠지요? 홍 선생이 잘 이겨 나가리라 믿소. 당나라 설도라는 여성 시인의 시를 함께 보내오. 제목은 〈춘망사〉라오. 부디 위로가 되기를.

먼 곳에서
벗 하국주

그리고 시가 적혀 있었다.

花開不同賞 (화개불동상)

花落不同悲 (화락불동비)

欲問想思處 (욕문상사처)

花開花落時 (화개화락시)

攬草結同心 (남초결동심)

將以遣知音 (장이유지음)

春愁正斷絶 (춘수정단절)

春鳥復哀吟 (춘조복애음)

風花日將老 (풍화일장로)

佳期猶渺渺 (가기유묘묘)

不結同心人 (불결동심인)

空結同心草 (공결동심초)

那堪花滿枝 (나감화만지)

煩作兩相思 (번작량상사)

玉箸垂朝鏡 (옥저수조경)

春風知不知 (춘풍지불지)

꽃 피어도 함께 즐길 이 없고

꽃 져도 함께 슬퍼할 이 없네

묻노니 사모하는 그대는 어디 있나

꽃 피고 꽃 지는 이때에

한 포기 풀을 따서 마음에 묶어

내 마음 아시는 이에게 보내려 하네

봄 시름 문득 끊고자 하는데

봄새들은 또 슬피 우네

셋째 수를 읽던 나는 그대로 무릎을 꺾고 말았다.

꽃잎은 하염없이 바람에 지고
만날 날 아득하여 기약이 없네
무어라 맘과 맘은 맺지 못하고
한갓되이 풀잎만 맺으려는가

아내가 떠올랐다. 아내의 얼굴, 아내의 몸, 아내의 체취, 목소리, 몸짓. 한 번도 살뜰히 정을 표현한 적 없었다. 언제까지나 옆에 있으리라고 생각해 굳이 말하지 않았던 것이 이렇게 후회가 될 줄 몰랐다. 따뜻한 말 한마디, 다정한 포옹. 언젠가 더 나이가 들면 해주리라 다짐했던 행동들.

다시 한 번, 다시 한 번만 아내를 만날 수 있다면, 그래서 딱 한마디 말을 할 수 있다면 그때는 말하리라. 고마웠고 미안하다고, 진정 당신을 마음 깊이 아끼고 좋아했노라고. 아내는 말하지 않았어도 나의 마음을 조금이나마 알았을까? 부디 그랬기를 바라지만 아무리 생각해도 자신이 없다. 좋아도 표현하지 않고 싫어도 내색하지 않는 것이 사내의 본분이라 생각했고 교육받았다. 작별 인사도 못하고 헤어질 줄 알았다면 그리 살지 않았을 것이다.

"아."

비명이 터져 나오며 눈물이 뚝뚝 떨어졌다. 잊힐 줄 알았다. 어느 정도 세월이 지나면 잊어버리고 살 줄 알았다. 그러나 아침에 눈 뜨는 순간부터 지옥이었다. 산학도 하고 싶지 않았다. 무엇도 의미가 없었다.

"하늘이여. 대체 내게 왜 이러는 것입니까? 내가 무엇을 그리 잘못했습니까? 내게 왜 이런 고통을 주십니까."

하늘이 원망스러워 절규했다. 궁궐 앞마당에 주저앉아 눈물을 흘리는 나의 눈에 살구꽃이 눈처럼 흩날렸다. 동료 중 누군가 다가와 내 어깨에 손을 얹었다. 나는 고개도 들지 않고 뚝뚝 눈물을 떨구었다.

더 이상 한양에 머무르고 싶지 않았다. 산학청 일을 마무리하고 남양으로 돌아가리라 마음먹었다. 큰아들 내외가 내 만류에도 불구하고 웃대 우리 집으로 합가할 준비를 하는 것 같았다. 아들 내외가 오고 말고 할 계제가 아니었다. 모든 한양 생활을 정리하고 남양 늘무늬 고향으로 내려가기로 혼자 마음먹은 것은 신축년(1721년) 여름이었다.

『구일집』을 완성하다

갑진년(1724년) 봄, 드디어 산학책 아홉 권이 모두 완성되었다. 세 권씩 묶어 천·지·인으로 이름 지었다. 나름대로 확고한 체계를 세워 해법을 일사불란하게 기술한다고 했는데 다른 사람들이 보았을 때 어떨지 두렵기도 하고 한편 기대되기도 했다. 어떨 때는 세월이 흘러 후대 사람들이 자신의 책을 보며 감탄하는 상상을 하기도 했다. 그럴 때면 자기도 모르게 마음이 벅차올랐다. 그러나 그런 생각은 곧 무더기로 오류를 발견한 사람들의 손가락질로 바뀌어 그를 주눅들게 했다. 다시 한 번 유수석이 사무치게 그리웠다. 유수석이라면 허심탄회하게 자신의 의견을 말하고 잘잘못을 가려주었을 것이다.

"수석이 있었다면 아마 함께 작업했을 것이고 더 좋은 문제들을 많이 넣을 수 있었을 텐데.”

9권에는 천문과 음계 상식을 수록했고 계사년에 유수석과 함께 하국주 사력을 만나던 날의 대담을 실었다. 그날 처음과 달리 변해가던 하국주의 얼굴이 떠올랐다. 처음에는 노골적으로 무시했지만 점차 초조해지며 결국 그와 유수석, 아니 조선 산학을 인정할 수밖에 없었던 하국주 사력. 그 뒤로 오랫동안 하사력과 그들은 학문적 동지였다. 나라와 시대가 달라도 학문으로 이어질 수 있다는 것을 피부로 체감했다. 비록 다시는 직접 만나지 못했고 편지로 왕래하는 것도 몇 년에 한 번씩밖에 없었지만 그런 것이 우정을 재는 척도는 될 수 없었다.

그는 각 권을 한 권씩 필사해두고 원본은 한양 제하에게 보냈다. 그곳에서 책으로 만들어줄 것이다.

“형님, 이제 아무 걱정하지 마십시오. 저희들도 있고 조카들도 조금씩 보태면 충분합니다.”

지난번 남양에 왔을 때 동생이 돈은 자신들이 알아서 한다고 했으나 그는 자신이 낼 수 있는 만큼 돈을 마련하여 보냈다.

그는 『구일집九一集』을 보자기에 싸 가지고 정자로 갔다. 자기도 모르게 다리가 휘청했다. 산학책을 마무리하느라 신경을 쓰고 밖에도 잘 안 나오다 오랜만에 나오니 그런 것 같았다. 멀리 바닷물 위에 햇빛도 금빛으로 반짝이고 있었다.

그러고 보니 요 며칠 소이 모습이 잘 보이지 않았다. 몇 년간 애비 뒤를 따라 다니던 소이가 안 보이는 것은 무슨 까닭일까.

"소이야, 이 애비도 이제 갈 때가 된 것 같구나."

소이가 지금까지 그를 지켜준 것인지도 모른다. 무너져 내리지 않게 돌보고 마지막까지 산학책을 잘 정리해 쓸 수 있도록 지켜봐 준 것인지도 모른다. 이제 곧 소이와 아내를 만날 것이다.

수업을 하러 정자로 가니 다섯이 모여 있다가 모두 일어나 공손히 읍을 했다. 처음 산학 공부를 시작할 때와는 전혀 달라진 아이들을 보며 그는 웃었다. 자라는 아이들이라 하루가 다르다지만 일 년 새 아이들은 키도 크고 얼굴도 달라졌다. 그를 대하는 태도도 변했고 산학을 대하는 자세도 변했으며 동이와의 관계도 딴판으로 변했다.

"오늘부터 수업은 이 책으로 한다."

들고 온 보자기를 풀어 책 아홉 권을 늘어놓았다.

"선생님, 드디어 완성하셨군요?"

"그래."

아이들 얼굴에도 반가움과 자랑스러움이 넘쳤다.

"좀 봐도 됩니까, 선생님?"

"그래, 한 권씩 보거라."

아이들은 각자 한 권씩 들고 책을 살펴봤다.

"와."

"앞으로 수업 시간에는 이걸 한두 장씩 풀자. 그리고 매일 집에 가서 오늘 배운 내용을 종이에 베껴 와야 한다. 그것이 숙제다."

"종이가 어딨대요?"

"너희 아버지들에게 미리 이야기했으니 종이를 구해줄 것이다. 여유가 있는 사람은 두 장씩 써도 좋다."

"예. 그렇게 다 쓴 뒤 어쩝니까?"

"그것을 묶어 책으로 만든 뒤 집에 보관하거라. 스스로 공부하고 앞으로 두고두고 교육에 쓰도록 해라."

"네. 고맙습니다, 스승님."

"자, 오늘은 종횡승제문을 풀겠다. 자, 모두들 산대를 꺼내라."

"예."

아이들이 일 년 새 눈에 띄게 자란 것과 반대로 그는 눈에 띄게 늙었다. 어깨도 더 굽었고 머리카락도 온통 하얗게 셌다.

지금 쌀이 575섬 9말 있다. 한 말의 값이 은 5푼이라면 쌀값 은 다 해서 얼마인가?

문제가 쉬운지 다들 낯빛이 밝았다. 산학 집안 아이가 아니라도 곱셈만 할 줄 알면 풀 수 있는 문제인 것이다. 아이들이 금방 고개를 들었다.

"답은 287냥 9전 5푼입니다."

"그래. 잘했구나."

그도 아이들을 따라 활짝 웃었다.

"그럼 이 문제는 어떠냐."

지금 몸이 아파 알약을 복용하는 사람이 있는데 첫째 날에 한 알을 먹고 하루가 지날 때마다 한 알씩 더 먹으면서 보름을 보내고 이후에는 하루가 지날 때마다 한 알씩 덜 먹으면서 월말까지 가면 약은 모두 몇 알이겠는가?

다른 아이들 계산이 끝나기도 전에 동이가 고개를 들었다. 눈이 마주친 동이가 씨익 웃자 그는 고개를 끄덕였다. 동이의 눈이 반짝 빛났으나 다른 아이가 손을 들 때까지 기다렸다.

"스승님. 제가 그 답을 알아냈습니다."

준하가 손을 번쩍 들고 말했다. 그는 얼른 말해보라고 했다.

"답은 240알입니다."

그는 고개를 끄덕이며 풀이를 해보라는 시늉을 했다.

"예. 한 달은 30일이고 첫날부터 15일까지는 한 알씩 늘다가 반대로 한 알씩 줄어드니까 둘씩 짝을 지었습니다. 1일과 16일, 2일과 17일, 3일과 18일. 그렇게 하면 각각의 합이 모두 16이 되고 그런 짝이 15개 있습니다. 그래서 16과 15, 둘을 곱하니 240이 나왔습니다."

"잘했구나."

동이에게 각을 세우던 아이들이 마음을 열기 시작하면서부터 서로 도우며 공부를 하게 되었다.

"내가 낸 문제들을 푸는 너희들을 보니 기쁘기 한량없구나. 그럼 이 문제는 각자 집에 가서 한번 풀어보거라.

지금 정육면체와 구와 정사각형이 각각 하나씩 있는데 부피 또는 넓이의 합이 127만 7724자이다. 다만 구의 지름은 정육면체의 한 모서리보다 14자가 짧고 정사각형의 한 변보다는 28자 길다고 한다. 정육면체의 한 모서리의 길이와 구의 지름, 정사각형의 한 변의 길이는 각각 얼마인가?

내일까지 답을 알아오도록 해라."*

---

* 『구일집』 8권 개방각술문 35번째에 수록된 이 문제는 사실 오류라고 할 수 있다. 정육면체와 구의 부피의 단위와 정사각형의 넓이의 단위는 다르기 때문이다. 즉 부피와 넓이는 차원이 다르기 때문에 설정 자체가 잘못되었다고 할 수 있다. 『구일집』에 간혹 이런 오류가 발견되기도 하지만 그것이 홍정하의 노력과 『구일집』의 가치를 부정하는 근거는 될 수 없다.

"예."

그는 아이들을 하나하나 찬찬히 들여다봤다.

"너희들은 왜 산학을 공부하느냐? 내가 첫 시간에 모두에게 물어봤을 텐데. 그동안 공부하면서 왜 하는지 나름대로의 답을 깨달았느냐?"

"……."

아이들은 서로 얼굴만 번갈아 바라봤다.

"자유롭게 말해 보아라."

"뭐라 하셔도 산학취재에 합격하여 입신양명하는 것이 제일 큰 이유 아니겠습니까?"

이상이가 말했다.

"그래. 그렇지."

"먼저 저는 학문 자체의 즐거움을 꼽을 수 있을 것 같습니다. 산학은 재미없는 분야라는 생각을 많이 하겠지만 실제로 현실적인 문제를 풀어냈을 때 느끼는 기쁨은 이루 말할 수 없을 정도라고 생각합니다."

준하가 대답했다.

"그래."

그는 고개를 끄덕였다.

"다음으로는?"

"결국은 이 세상을 살아가는 지혜를 배우게 되는 것이 아닌가 싶습니다."

동이가 말했다.

"지혜?"

"예. 어려운 문제를 만나 힘겹게 풀어가는 과정 자체가 인생과 똑같지 않나 싶습니다. 포기하지 않고 노력하다 보면 어느 순간 매듭이 풀리듯 해결되는 것도 인생과 비슷하고요."

그는 계속 고개를 끄덕였다.

"아부지."

맑은 여자아이 목소리에 고개를 들어보니 소이가 저만치에서 두 손을 흔들며 웃고 있었다.

"아부지."

분명 소이가 그를 부르고 있었다. 그는 고개를 끄덕였다. 네 목소리가 이랬구나, 이리 고왔구나.

소이는 다시 한 번 그를 부르며 웃더니 바닷가 쪽으로 달려가기 시작했다.

"소이야!"

이윽고 소이의 모습은 희미해지더니 사라졌다. 정자에서 산학을 배우던 아이들이 어리둥절한 채 혼잣말을 하는 스승을 바라봤다.

"소이야, 아가!"

스승은 먼 바다 쪽을 보고 웃으며 오른손을 들어 흔들었다.

살구 꽃잎이 잔치라도 하는 듯 떨어져 내렸다. 그는 문득, 이제는 난분분 떨어져 내리는 살구 꽃잎을 보고도 눈시울이 뜨거워지지 않는다는 사실을 자각했다. 그 어떤 슬픔도 세월을 이길 만큼 힘 센 것은 없는 모양이라고 혼자 중얼거렸다. 그러고 보면 세월은 눈에 보이지 않지만 강철도 녹일 만큼 위대한 절대자인지도 모른다.

흔들리며 천천히 땅으로 내려오는 살구꽃 무리를 하염없이 바라보았지만 조금도 지루한 마음은 들지 않았다. 거의 비슷한 높이에서 떨어지는 꽃잎이라도 미풍의 세기나 자신의 비상식적인 가벼움, 혹은 나무에 앉았다 날아가는 새의 날갯짓, 지나가는 개의 발 울림, 원인을 짐작하기 어려운 미세한 이유에 영향을 받아 같은 시각에 떨어지지 않고 제각각 살포시 땅에 내려앉고 있었다. 어떤 잎들은 땅에 닿자마자 다시 슬쩍 떠올라 공중부양이라도 하려는 듯 잠시 머뭇거리다가 가만히 가라앉는 것처럼 보이기도 했다.

저리 고울 때, 스러져 썩어가는 것을 받아들인다는 것은 얼마나 지독한 고통이랴. 하지만 꽃잎은 그런 것쯤 초월한 듯 나른하고 무심하게 흩날렸다. 지는 꽃잎은 대개 사람을 겸손하게 만든다고 그는 생각했다. 지는 꽃잎을 바라보는 것만으로도 그에게는 혹독한 쓰라림 자체이던 시간들이 있었지만 이제는 어느 정도 그 시간을 관통해 빠져 나왔다는 느꺼운 마음이 들었다. 언제까지라도 그를 놓아주지 않을 것처럼 온몸에 들러붙어 조금씩 숨통을 조이던 괴물 같은 기억. 그의 단신短身을 흔들어대던 텅 빈 시간들. 언제까지라도 지나갈 것 같지 않던 절망이라는 동굴을 언제, 어떻게 빠져나온 것일까.

꽃잎 사이로 언제 왔는지 소이가 보였다. 옆에 아내도 함께 서 있었다. 그는 놀라 벌떡 일어섰다.

"이제야 제가 보이십니까?"

"부인."

그는 목이 메었다. 자신의 죄책감이 아내의 모습을 가렸던 것인가.

"부인. 미안하고 고맙습니다."

아내가 환하게 웃었다. 아내가 저렇게 환히 웃는 모습은 생전에 한 번도 본 적이 없었다. 그는 눈을 크게 뜨고 머리에 새기듯 아내의 얼굴을 자세히 봤다.

'왜 나에게만 불행이 오지 말아야 한다고 생각했던가. 그렇게 바라는 것이야말로 어이없는 욕심이 아닌가.'

"스승님!"

자신을 부르는 동이의 목소리가 가물가물 들려왔지만 그는 눈을 뜰 수가 없었다.

"스승님."

258

"스승님."

바람이, 바닷가 봄바람이 그의 얼굴을 부드럽게 쓰다듬었다.

"부지명무이위군자야不知命無以爲君子也라. 자신이 하늘로부터 받은 소명을 알지 못하면 군자가 될 수 없다고 했느니……."

그는 아버지와 유수석을 떠올렸다. 산학서를 완성한 일이 자신이 태어나 살다 돌아가기 전 해야 할 이 땅에서의 소명임이 분명했다. 아내와 소이의 손을 잡았다. 마음이 몸처럼 가벼웠다.

작품 출처

· 작품 속에서 주인공 홍정하가 소개하는 수학 문제, 그리고 홍정하·유수석이 하국주
와 나눈 수학 문제는 『구일집』(홍정하 지음, 1724년)을 바탕으로 구성했으며, 다음의
책을 참고했다.

　홍정하, 『구일집』(천·지·인), 강신원·장혜원 옮김, 교우사, 2006.

· 13쪽, 245~247쪽

　설도(770?~832?), 〈춘망사〉, 김억(1896~?) 개역.

· 82쪽

　홍세태(1653~1725), 〈문안〉.

· 197쪽

　이창숙, 〈진관사 앞 느티나무는 왜 아름다운가〉, 『깨알 같은 잘못』, 2019.

· 205~206쪽

　이병연(1671~1751), 〈어느 두메산골에서의 하룻밤〉, 『사천시초』, 1778.

· 214쪽

　이병연, 〈떠나는 겸재 정선에게〉, 1740.

· 232쪽

　구비전승, 〈염전밭 가는 소리〉.

조선의 수학자 홍정하

1판 1쇄 펴냄 2020년 4월 17일
1판 2쇄 펴냄 2021년 11월 25일

지은이 이창숙

주간 김현숙 | **편집** 김주희, 이나연
디자인 이현정, 전미혜
영업 백국현, 정강석 | **관리** 오유나

펴낸곳 궁리출판 | **펴낸이** 이갑수

등록 1999년 3월 29일 제300-2004-162호
주소 10881 경기도 파주시 회동길 325-12
전화 031-955-9818 | **팩스** 031-955-9848
홈페이지 www.kungree.com | **전자우편** kungree@kungree.com
페이스북 /kungreepress | **트위터** @kungreepress

ⓒ 이창숙, 2020.

ISBN 978-89-5820-647-7   03810